유일한 날들

유일한 날들

보리스 파스테르나크

이기웅 · 이아름 옮김

부북스

유일한 날들

1판 1쇄 발행 2025년 2월 20일

지은이 | 보리스 파스테르나크
옮긴이 | 이기웅 · 이아름
발행인 | 신현부

발행처 | 부북스
주 소 | 04613 서울시 중구 다산로29길 52-15(신당동), 301호
전 화 | 02-2235-6041
이메일 | boobooks@naver.com
ISBN | 979-11-91758-11-5 (03890)

옮긴이의 말

이 책은 보리스 파스테르나크(1890~1960)가 쓴 수많은 서정시 가운데 아주 일부만 골라서 번역한 것이다. 이것은 또한 내가 한 마지막 대학원 강의의 결과 중 한 부분이기도 하다. 정년 퇴임 후 사정상 대학원 강의를 한 학기 더하게 됐는데, 수강생이 한 명이었다. 그가 바로 같이 번역해서 이 책을 만든 이아름 선생이다. 기호학적 관점에서 시와 시적 소통을 다루고, 강의 후반부에서 시의 번역 문제를 구체적으로 꼼꼼히 짚어보기 위해서 파스테르나크의 서정시들을 직접 번역하면서 살펴봤다. 작품 선택은 다소 자의적으로 했다. 내 생각에 '좋은 서정시'로 여겨지는 작품들 중에서 파스테르나크의 시적 개성을 잘 보여주면서 번역과 읽기가 쉬운 것들을 뽑았다. 그리고 그 결과를 그냥 놔두기가 아쉬워서, 몇 편의 번역을 더 추가해서 이렇게 책으로 발표하게 됐다.

오늘날에 세계 문학의 다채로운 지평을 형성하는 데 러시아 시의 기여도 중요하다. 특히 이전 시대의 전통을 계승, 발전시킨 20세기 전반기 러시아 시는 새로운 문학적 부흥기를 보여준다. 파스테르나크는 이 부흥기에 속하는 대표적인 시인들 중 한 명이다. 이 시기의 대표적인 몇몇 시인들은 시대나 권력 당국과의 불화 속에서 비극적으로 생을 마치지만, 안나 아흐마토바(1889~1966)와 파스테르나크는 당국이 제시하는 공식적인 문학 노선을 따르지 않으면서도 길고 엄혹한 스탈린 치하를 꿋꿋이 견뎌냈다. 그러나 이 둘은, 당국의 의심스러운 눈초리에도 불구하고, 제2차 세계 대전 당시 전선에서 병사들이 가장 많이 읽고 또 직접 편지들도 써서 보낸 시인들이었다.

내가 관심을 두고 파스테르나크를 본격적으로 접한 것은 40년 전쯤의 일이다. 파리에서 러시아어를 대상으로 학위논문을 쓰겠다고 막연히 생각하면서 러시아어 전문서점에서 책을 여러 권 사서 읽었는데, 그 가운데 흥미 있었던 것이 파스테르나크의 소설 『Доктор Живаго(『의사 쥐바고』, 1957년 초판본)』와 레프 트로츠키(1870~1940)의 소책자 『Итоги и перспективы(『평가와 전망』, 1906년 초판의 1919년 보완판)』였다. 특히 『의사 쥐바고』의 문장들은 학위논문을 쓰면서 언어 자료로도 활용할 수 있었다.

내 전공이 일반 언어학과 러시아어학이기 때문에 내가 원어로 읽을 수 있는 외국 문학 작품들은 그냥 혼자서 읽고 음미만 했을 뿐, 특별히 번역할 필요는 느끼지 않았다. 그러다 마지막 강의에서 시의 번역에 관한 문제를 다루면서, 내가 좋아하는 시인들 가운데 하나인 파스테르나크를 직접 번역해보면 어떨까 하는 생각이 들었다.

물론 파스테르나크의 소설과 산문 그리고 시들을 한국어로 번역한 책들이 이미 여러 가지가 나와 있다. 그때문에 이 책에서 또 한 번 그의 전기적 사항들을 상세히 소개할 필요는 없을 것이다. 그리고 원래 문학 작품의 번역이란, 해당 원어 텍스트를 기반으로 충분히 언어적 소통이 이뤄진, 따라서 문법적, 어휘적 오독이 없는 이해에 기반한 옮김이라면, 잘된 것도 잘못된 것도 없다. 단지 다소 다른 창의적 결과들이 있을 뿐이다. 그렇기에 우리의 번역도 어느 정도 의미가 있을 것으로 생각한다. 물론 나나 이아름 선생이나 번역하면서 애당초 시 번역이 갖는 한계라는 것도 느꼈던 것 같다. 그것은 러시아어 텍스트에 내재한 운율적 생생함과 표현적 적합성의 시적 효과를 번역에서 제대로 살릴 수 없다는 점이었다. 이 때문에 나는 처음으로 본격적인 시 번역을 하면서 괜히 시작했다는 생각과 더불어 고군분투도 했다. 단어 하나하나마다, 시행, 시연 하나하나마다, 여러 가지 번역 가능성들 중에서 가장 적합하다고 여겨지는 것을 정하는 일은 쉽지 않은 작업이었다! 어쨌든, 시작의 끝이 있다는 점에서 스스로 만족한다.

그리고 내가 생각하는 파스테르나크의 서정시들은 다음과 같은 의미의 울림이 있다고 생각한다. 요컨대, 그의 서정시들은 인간에게서 자연, 세상, 삶, 사랑의 구체적인 다양한 경험들을 언어적 읊조림을 통해서 비록 어둡고 차가운 우주의 물체들일지라도 밤하늘에서 다채롭게 빛나고 있는 저 별들처럼 만들어서 우리에게 뿌리는 것 같다. 바로 이런 것이다, 서정시의 존재라는 것은. 시대의 압도적인 범속함 속에서도 우리 각자가 자신의 삶에서 어떤 신선한 반짝임들을 느끼는 것, 이것들이 그 자체로 내재적 의미가 있다는 것을 긍정하는 것… 근본적으로 바로 이러한 마음 때문에 우리는 기존의 시대를, 익숙해진 세상을 살아가면서 끊임없이 새롭게 각성하고 또 새롭게 만들려고 노력하는지 모르겠다.

이기웅

옮긴이의 말

국내 독자들에게 소설 『의사 쥐바고』의 작가로 익숙한 보리스 파스테르나크는 20세기 러시아 시문학의 대표 서정시인이다. 『의사 쥐바고』의 주인공이 그러했듯이 파스테르나크는 격변의 러시아 역사 속에서도 자신의 감성과 예술적 정체성을 지키려 노력하였다. 파스테르나크의 시는 일상, 자연과 같은 우리 삶을 둘러싼 소재를 통해 깊은 자기 성찰과 강렬한 예술성을 동시에 보여준다. 특히, 인간 공통의 감정에 호소하는 서정시들이 많아 러시아 문학이 낯선 일반 독자들도 충분히 공감하고 이해할 수 있다.

릴케(1875~1926)의 영향을 받은 파스테르나크는 그 자신도 릴케의 시를 다수 번역한 번역가이기도 했다. 번역 작업에서 흔히 고민하게 되는 형식적 등가와 내용적 등가 사이에서, 그는 원작의 형식을 벗어나 내용적 등가를 추구하는 과감한 모습을 보이기도 했다. 어쩌면 파스테르나크는 그 이상을 넘어 '이미지의 등가'를 추구하였는지도 모르겠다.

시는 결국 독자에게 전달되는 이미지가 중요하다. 형식적 등가와 내용적 등가 중 어느 쪽을 희생시키느냐를 고민하는 사이 원작의 이미지가 결과물에 담기지 못하는 불상사가 일어날 수 있다. 파스테르나크의 시 작품을 번역하면서 최대한 등가 효과를 달성하기 위해 노력하였으나, 발터 벤야민(1892~1940)의 말처럼 '시적인 것'은 번역의 언어로 전달되기 어렵다는 것을 매 순간 느꼈다. 그러나 벤야민은 이러한 언어와 문화의 차이가 오히려 번역가의 '위대한 과제'를 낳는다고 하였으니, 이러한 어려움 속에서도 오히려 시적 정수를 다른 언어로 옮기는 도전이야말로 번역의 진정한 가치를 드러내는 기회가 되었다고 믿는다.

번역이라는 것이 정답이 없는 작업이고, 그 결과물은 읽는 이마다 다른 느낌을 받게 되는 것이다. 이러한 번역 작업은 언어의 상징성, 축약성, 예술성의 정점에 있는 시라는 장르를 만났을 때 그 어려움이 극대화된다. 시의 예술성은 그 내용 면과 표현 면이 최적의 방식으로 어우러져 발현된다. 이러한 시를 언어 구조가 완전히 다른 외국어로 번역한다는 것은 원문이 이루어 놓은 예술성에 대해 어느 정도의 타협과 포기가 뒤따르는 작업이다. 이 책의 번역 작업에서도 많은 타협과 포기의 순간들이 있었고, 최대한 러시아어의 시적 효과를 살리고 싶었으나 그러지 못한 것은 매우 아쉽다. 그러나 원시가 전달하고자 하는 바를 일반 독자들이 최대한 받아들일 수 있도록 노력하였으니 이러한 노력이 헛되지 않았길 바란다.

러시아 문화 특유의 요소들은 각주를 통해 소개하였다. 각주가 많아 시 감상에 방해가 되지 않는 선에서 최대한 생소한 요소들에 대한 설명을 덧붙였다. 이 또한 독자들이 파스테르나크의 시를 수용하고 느끼는 데 도움이 되기를 바란다.

개인적으로 업무상 기술 번역을 주로 하면서 AI와 기계번역에 매몰되어 소위 '영혼 없는 번역'만 한다고 우스갯소리로 말하고 다녔다. 이제 인간의 감정이 필요한 번역은 다시는 할 일이 없으리라 생각했지만, 파스테르나크의 서정시들을 번역하면서 그야말로 '영혼을 담은 번역'을 다시금 경험할 수 있었다. 파스테르나크의 서정시들이 전달하는 사랑, 자연, 인생에 관한 이야기들은 감정 없는 기계번역으로 차마 커버할 수 없는 작가의 내적 외침과 떨림이 그 기저에 깔려 있다. 이 책에 실린 파스테르나크의 시들이 번잡한 현대 사회에서 미약하나마 위로를 줄 수 있는 역할을 할 수 있길 바란다.

이아름

참고 사항

시의 온전한 이해를 위해서는 낭독도 중요하다. 그때문에 이 책에서는 러시아어 능력이 있는 사람들을 위해서 원 텍스트도 제시했으며, 또한 각각의 시의 운율적 정형 및 이로부터 가능한 변이들도 밝혀 놨다. 이 책에 실린 시들은 모두 정형시라서, 낭독은 기본적으로 정해진 운율적 틀에 기반해야 하지만 낭독자의 개성적 이해에 따라 여러 가지 변이들도 가능하다. 만일 러시아어 능력이 있는 독자라면, 스스로 원 텍스트를 낭독해 가면서 읽을 수도 있고 또한 인터넷에서 각각의 시에 대한 낭독 자료들을 찾아서 청취해 가면서 읽을 수도 있을 것이다. 이러한 것을 위한 편의를 마련할 생각에서, 러시아어 운율 시에 관한 기본 사항들을 아래와 같이 간단히 정리해 보았다.

1. 러시아어 운율 시의 기본 사항들

1) 운각(стопа)의 종류

a. 강약격(хорей) : У людей пред праздником уборка.

b. 약강격(ямб) : Февраль. Достать чернил и плакать!

c. 강약약격(дактиль) : Будущего недостаточно.

d. 약강약격(амфибрахий) : Он шел из Вифании в Ерусалим,

e. 약약강격(анапест): Безутешно струятся ручьи

2) 강세의 실현과 비실현

a. 시행의 마지막 단어의 강세는 반드시 유지된다. 여기서 말하는 단어란 음성학적인 단위로서의 단어이다. 가령, **дом**이나 **из** дому 모두 한 단어이다.

> Тогда я **слы**шу, как верст **за** пять,
>
> У **даль**них землеме́рных **вех**
>
> Хру**стят** шаги, с де**ре**вьев **ка**пит
>
> И **шле**пается **снег** со **стрех**.

b. 정해진 운각의 틀에 따라 강세가 오는 위치와 음성학적 단위로서 단어의 강세 음절이 부합할 때, 그 강세는 원칙적으로 실현된다. (바로 위의 예에서 2~4행 참고)

c. 주로 인칭 대명사, 소유 대명사, 지시사, 접속사 등과 같은 단어들이나 의미상 중요하지 않은 단어들은 필요하면, 또는 읽는 이가 원하면, 강세가 생략될 수 있다. (바로 위의 예에서 1행의 첫 단어와 네 번째 단어 참고)

3) 운각과 강세의 변형

a. 약강격이나 약약강격의 경우, 간혹 필요하면 첫음절에 강조 강세가 올 수 있다.

약강격에서 : **Цель** твор**чес**тва — самоот**да**ча,

약약강격에서 : **Хму**ро **тя**нется **день** непо**го**жий.

b. 시행 중간을 독립적인 단위들로 절단하면서, 정해진 운각의 약음절이 생략될 수 있다.

강약격에서 : **Снег идет ø, снег идет**.

c. 이외에도, 간혹 작품에 따라서는 운각에 맞지 않는 파격으로 강세가 올 수 있다.

4) 각운(рифма)

a. 남성 각운; 마지막 음절에 강세가 있을 때:

Снег идет, снег и<u>дет</u>.

b. 여성 각운; 끝에서 두 번째 음절 강세:

Сух<u>а</u>я, тихая по<u>го</u>да.

c. 닥틸(дактилическая) 각운; 끝에서 세 번째 음절 강세 :

И <u>па</u>лое <u>не</u>бо с до<u>рог</u> не по<u>до</u>брано.

2. 러시아어 텍스트들의 출처

1) 소설 《의사 쥐바고》에 수록된 서정시들

Борис Пастернак, Доктор Живаго, Фелтринелли, Милан, 1958.

2) 그 외의 서정시들

Борис Пастернак, Стихотворения и поэмы, Л. А. Озеров

(составл.), Москва-Ленинград, 1965.

3) 몇몇 서지 사항들

 Борис Пастернак, Избранное в двух томах, Е. В. Пастернак и Е. Б.

Пастернака (составл.), том I, Москва, 1985.

3. 최종 책임 번역자

이 책의 많은 부분은 공동 작업, 그러니까 강의에서 그리고 책 원고의 준비 과정에서 서로 의견들을 교환한 결과이지만, 개별 작품들의 번역의 최종적인 책임은 따로 분담하였다. 번역 뒤에 최종 책임 번역자가 이아름이면 〈A〉로, 이기웅이면 〈K〉로 명기해 놨다.

차례

1.

Февраль. Достать чернил и плакать!
Писать о феврале навзрыд,
Пока грохочущая слякоть
Весною черною горит.

Достать пролетку. За шесть гривен,
Чрез благовест, чрез клик колес,
Перенестись туда, где ливень
Еще шумней чернил и слез.

Где, как обугленные груши,
С деревьев тысячи грачей
Сорвутся в лужи и обрушат
Сухую грусть на дно очей.

Под ней проталины чернеют,
И ветер криками изрыт,
И чем случайней, тем вернее
Слагаются стихи навзрыд.

Ямб   *1912*

2월. 잉크병을 꺼내 잡고 울 것!
2월에 관해 통곡하며 글을 쓸 것.
웅웅거리는 음울한 날씨가
검은 봄으로 타오르는 한.

경마차를 잡을 것. 6그리브나[1]의 마차 삯으로,
습한 서풍을 뚫고, 마차 바퀴들의 소음을 뚫고,
그곳으로 빨리 가거라,
폭우가 잉크와 눈물보다도 훨씬 더 시끄러운 그곳으로.

거기서는 마치 까맣게 탄 배 같은
수천 마리의 갈까마귀가 나무에서
갑작스럽게 웅덩이로 내려와서는
깊은 안저(眼底)에 메마른 서러움을 쏟아붓는다.

그 서러움 밑에는 눈 녹은 곳곳이 까맣게 보이고,
바람은 비명소리들로 마구 파헤쳐져 있다.
하여 더욱더 우연적이기에 더욱더 진실스럽게
시는 통곡하며 지어진다.

〈K〉

※ 1912년 작. 파스테르나크의 초기 작품 중 대표적인 시이다. 장래 희망으로 철학자, 음악가,
화가 사이에서 고심하던 파스테르나크는 1913년부터 시에 매진하기 시작한다.

---

1 1그리브나는 10코페이카에 해당하던 은화.

2.

Как бронзовой золой жаровень,
Жуками сыплет сонный сад.
Со мной, с моей свечою вровень
Миры расцветшие висят.

И, как в неслыханную веру,
Я в эту ночь перехожу[1],
Где тополь обветшало-серый
Завесил лунную межу,

Где пруд, как явленная тайна,
Где шепчет яблони прибой,
Где сад висит постройкой свайной
И держит небо пред собой.

Ямб   *1912*

---

1 동사 переходить는 속어적인 구어에서 '여기저기 머물다, 쏘다니다, 나다니다' 등의 의미로 쓰임.

마치 청동의 재가 담긴 풍로처럼,
반쯤 잠든 정원에는 딱정벌레들이 흩어져 있다.
나와, 내 촛불과 같은 높이로
활짝 꽃핀 세계들이 걸려 있다.

그리고 마치 전대미문의 믿음에 빠진 듯,
나는 이 밤에 싸돌아다니고 있다,
낡아 누더기가 된 잿빛 버드나무가
달빛 이랑을 가린 곳을,

현시된 비밀처럼 연못이 있는 곳을,
사과꽃 물결의 하얀 부서짐이 속삭이는 곳을,
정원이 말뚝으로 떠받친 수상 가옥처럼 매달린 채로
자기 앞에서 하늘을 붙잡고 있는 곳을.

〈K〉

※ 1912년 작. 파스테르나크 시의 특징 중의 하나가 옮겨가면서 인접한 대상들에 초점을 맞추는 환유적인 회화적 묘사인데, 이 시 또한 그러한 특징이 잘 나타나 있다. 그러나 맨 처음 시 쓰기에서 나타날 수 있는 어설픔도 다소 엿보인다….

3. После дождя

За окнами давка, толпится листва,
И палое небо с дорог не подобрано.
Всё стихло. Но что это было сперва!
Теперь разговор уж не тот и по-доброму.

Сначала всё опрометью, вразноряд
Ввалилось в ограду деревья развенчивать,
И попранным парком из ливня — под град,
Потом от сараев — к террасе бревенчатой.

Теперь не надышишься крепью густой.
А то, что у тополя жилы полопались, —
Так воздух садовый, как соды настой,
Шипучкой играет от горечи тополя.

Со стекол балконных, как с бедер и спин
Озябших купальщиц, — ручьями испарина.
Сверкает клубники мороженый клин,
И градинки стелются солью поваренной.

Вот луч, покатясь с паутины, залег
В крапиве, но, кажется, это ненадолго,
И миг недалек, как его уголек
В кустах разожжется и выдует радугу.

Амфибрахий   *1915*

비 온 후

창밖에는 짓눌린 혼잡, 나뭇잎들이 무리 지어 모여있고,
추락한 하늘은 길 위에서 거두어지지 않고 있고,
모든 것이 고요하다. 하지만 원래는 어땠는가!
이제 대화는 다시는 걸맞지도 정답지도 않다.

처음에는 모든 것이 갑자기 제멋대로
나무 위 잎새들을 쓸어가기 위해서 울타리 안으로 쏟아져 들어왔고,
폭우와 우박으로 유린당한 공원의 모습으로,
이어서 헛간에서 통나무 테라스까지 밀려들어 왔다.

이제 짙은 수풀 내음은 아무리 들이마셔도 질리지 않는다.
하지만 키버들의 잎맥들은 산산이 부서져 버렸고,
그래서 공원의 공기는 발포된 녹즙처럼
키버들의 쓴 눈물로부터 거품을 살랑살랑 일으킨다.

미역감는 여인들의 차가워진 넓적다리와 등에서처럼
발코니의 유리창에서 가느다란 물줄기들이 땀처럼 흐른다.
얼어붙은 딸기 텃밭이 반짝이고,
싸라기 우박이 식탁용 소금 알갱이처럼 뿌려져 있다.

자 여기를 봐라, 햇살은 거미줄로부터 굴러 내려와
쐐기풀 속에 누워있다. 그러나 그것은 아마도 잠시뿐일 것이다.
머지않은 순간에 빛의 작은 숯 조각은
관목 숲에서 활활 타올라 무지개를 띄울 것이다.

〈K〉

※ 1915년 작. 바로 앞의 시와 마찬가지로 이 시도 구성상 환유적인 회화적 묘사가 주를 이룬다. 그러나 두 시 사이의 시적 성취도는 차이가 있다. 어떻게 해서 이런 차이가 있는 것일까? 어떻게 보면 두 시 모두 영화의 서정적인 장면 묘사와 유사하다. 그러나 영화의 경우 우리는 이어지는 이미지들을 단지 수동적으로 지각한다. 반면 언어적 묘사의 경우 우리는 머릿속에서 능동적으로 이미지들을 구성해야 한다. 이에 더해서 서정시의 경우에는 그러한 묘사에 시인이 부여하고자 하는 의미화와 정서적 뉘앙스도 고려하는 소통적 노력도 독자에게 요구된다.

4. Не трогать

«Не трогать, свежевыкрашен», —
    Душа не береглась,
И память — в пятнах икр и щек,
    И рук, и губ, и глаз.

Я больше всех удач и бед
    За то тебя любил,
Что пожелтелый белый свет
    С тобой — белей белил.

И мгла моя, мой друг, божусь,
    Он станет как-нибудь
Белей, чем бред, чем абажур,
    Чем белый бинт на лбу!

Ямб   *1917*

칠 주의!

"칠 주의! 도색 작업 중."
그러나 영혼은 부주의했다.
기억은 종아리와 뺨에,
그리고 손과 입술과 눈에 얼룩져 있다.

나는 그 어떤 행운과 불행보다
너를 사랑했다.
누렇게 변색된 하얀 세상이
너와 함께라면 흰색보다 더 하얗기 때문에.

나의 어둠, 나의 친구여, 맹세컨대,
세상은 언젠가 더 하얗게 빛날 것이다.
흰 소리보다 더 하얗게, 램프 갓보다 더 하얗게,
이마에 감은 흰 붕대보다 하얗게!

〈A〉

※ 1917년 작. 파스테르나크가 18살 때 여인을 사랑하였으나 용기가 부족한 경험을 반추하면서 쓴 시이다. 그러한 미성숙한 사랑은 고통만이 아니라 정신적 치유도 가져다준다고 한다.

5. Определение поэзии

Это — круто налившийся свист,
Это — щелканье сдавленных льдинок,
Это — ночь, леденящая лист,
Это — двух соловьев поединок.

Это — сладкий заглохший горох,
Это — слезы вселенной в лопатках,
Это — с пультов и флейт — Фигаро́
Низвергается градом на грядку.

Всё, что ночи так важно сыскать
На глубоких купаленных доньях,
И звезду донести до садка
На трепещущих мокрых ладонях.

Площе досок в воде — духота.
Небосвод завалился ольхою,
Этим звездам к лицу б хохотать,
Ан вселенная — место глухое.

Анапест   *1917*

시의 정의

시는 휘몰아치는 바람의 소리,
시는 부서진 얼음이 깨지는 소리,
시는 잎새를 얼게 만드는 밤,
시는 꾀꼬리 두 마리의 대결.

시는 달콤하고 시든 완두콩,
시는 콩 꼬투리 속의 우주의 눈물,
시는 악보대와 플루트에서 나오는 피가로가
우박처럼 작은 이랑으로 내려오는 모습.

미역 감는 터의 깊은 바닥에서,
밤이 그토록 중요하게 찾아 헤매는 것.
그리고 떨리는 젖은 손바닥으로
별을 수조까지 나르는 것.

무더운 대기는 물속의 판자들보다 더 평평하다.
창공은 오리나무에 가려 있다.
저 별들은 나를 향해 깔깔거릴 듯하지만,
어쩌나, 우주는 적막한 곳인걸.

〈A〉

※ 1917년 작. 이 시는 연작시 "철학에 몰두하기(Занятье философией)"의 첫 번째 시이다.
미래주의적 경향이 돋보이는 작품으로서, 시라는 장르의 성격을 은유를 통해서 규명하려고 시
도하고 있다. 파스테르나크의 초기 시들은 후기 시에 비해 직설적인 경향을 띠는데 이 시도 마
찬가지이다. 파스테르나크에게 시는 너무나 풍부하고 다양하고, 동시에 설레고 떨릴 정도로 매
력적이다. 그러나 한편으로는 사람들이 광대한 우주의 소리를, 혹은 자신의 시를 이해하지 못
할까 봐 걱정하는 마음도 드러난다.

6. Да будет

Рассвет расколыхнет свечу,
Зажжет и пустит в цель стрижа.
Напоминанием влечу:
Да будет так же жизнь свежа!

Заря, как выстрел в темноту.
Бабах! — и тухнет на лету
Пожар ружейного пыжа.
Да будет так же жизнь свежа.

Еще снаружи — ветерок,
Что ночью жался к нам, дрожа.
Зарей шел дождь, и он продрог.
Да будет так же жизнь свежа.

Он поразительно смешон!
Зачем совался в сторожа?
Он видел, — вход не разрешен.
Да будет так же жизнь свежа.

Повелевай, пока на взмах
Платка — пока ты госпожа,
Пока — покамест мы впотьмах,
Покамест не угас пожар.

Ямб   *1919*

신선케 해라

새벽은 촛불을 심하게 흔들리게 하고,
칼새를 불을 붙여 과녁에 놓을 것이다.
상기시키나니,
바로 그렇게 삶이 신선케 해라!

여명은 어둠을 겨냥한 사격과 같다.
빠방! 그리곤 소총 마개의 불꽃은
순식간에 사그라진다.
바로 그렇게 삶이 신선케 해라.

여전히 밖에서 미풍이 불어오는데,
그것은 밤중에 떨면서 우리에게 밀착했었다.
새벽에 비가 왔는데, 그 비도 떨고 있었다.
바로 그렇게 삶이 신선케 해라.

그 비는 놀랄 만큼 우습다!
왜 경비에게 맞부딪혔던 것일까?
그것이 보았듯, 입장은 허락되지 않았다.
바로 그렇게 삶이 신선케 해라.

명령을 내려라, 손수건을 쳐들고 있는 동안,
당신이 숙녀인 한,
우리가 캄캄한 데 있는 동안, 바로 요 동안에,
불꽃이 다 꺼지지 않은 요 동안에.

〈K〉

※ 1919년 작. 경쾌한 톤의 시지만, 아주 함축적이어서 그 자체로는 내용적 파악이 어렵다. 그러나 이 시가 연작시 「안 따분한 공원 (Нескучный сад)」의 여섯 번째 시라는 점을 고려하면, 이로부터 공원에서 밤을 새운 한 쌍의 연인에 관한 내용이라는 것을, 그것도 남자 편에서 한 말이라는 것을 알 수 있다. 사실, 시행 한 줄 Да будет так же жизнь свежа! "바로 그렇게 삶이 신선케 해라!" 때문에 읽기 시작했는데, 함축적인 표현들 때문에 번역이 쉽지 않은 시였다. 마지막 연에서는 기사도를 발휘하는 듯하지만 차츰 민중 속어를 쓰는 말투가 재미있다…. 사실, 한국어에서는 "삶이 신선하다"는 표현이 다소 부자연스러울 수도 있지만, 가령 "신선한 생선/새벽/바람/말/의미/…" 등을 생각해보면 가능할 수 있는 것 같다. 그래서 위와 같이 번역했다.

7.

Сестра моя — жизнь и сегодня в разливе
Расшиблась весенним дождем обо всех,
Но люди в брелоках высоко брюзгливы
И вежливо жалят, как змеи в овсе.

У старших на это свои есть резоны.
Бесспорно, бесспорно смешон твой резон,
Что в грозу лиловы глаза и газоны
И пахнет сырой резедой горизонт.

Что в мае, когда поездов расписанье
Камышинской веткой читаешь в пути,
Оно грандиозней святого писанья,
Хотя его сызнова всё перечти.

Что только закат озарит хуторянок,
Толпою теснящихся на полотне,
Я слышу, что это не тот полустанок,
И солнце, садясь, соболезнует мне.

И в третий плеснув, уплывает звоночек
Сплошным извиненьем: жалею, не здесь.
Под шторку несет обгорающей ночью,
И рушится степь со ступенек к звезде.

Мигая, моргая, но спят где-то сладко,
И фата-морганой любимая спит

나의 누이라 삶은, 하여 오늘 사방이 물 천지일 때,
모두를 때리는 봄비에 멍들었구나.
그럼에도 값비싼 장식으로 치장한 사람들은 오만하게 늘 까칠하고,
귀리밭의 뱀처럼 공손히도 문다.

노인들이야 이에 대한 각자의 이유가 있다.
확실히, 확실히도 우습구나 너의 이유는.
뇌우 속에서 눈동자와 잔디밭이 연보랏빛이고,
지평선에서는 풋풋한 목서초 내음을 풍기기 때문이라니.

5월에, 기차를 타고 가며
카미쉰 지선(支線)의 열차 시간표를 읽으면서,
그 시간표는 늘 새로 다시 읽어봐야 할지라도
성스러운 서적보다 더 장대하기 때문이라니.

노반 위에서 무리 지어 서로 밀치고 있는
남쪽의 농가 아낙들을 노을이 막 붉게 비출 때,
여기가 내릴 임시정거장이 아니라는 말을 듣는 나에게
저무는 태양이 동정하기 때문이라니.

작은 종소리는 세 번째 흩뿌림 다음 잇따라 사과하며 멀어져 간다.
"유감이네요, 여기가 아니네요."
커튼 밑으로 그을린 밤의 바람이 들어오고,
그리고 초원은 열차의 작은 계단에서 별을 향해 부서져 간다.

눈을 깜박이며, 깜박거리며, 어디선가 달콤히들 자고 있고,
내 사랑하는 신기루 또한 이 시간에 자고 있다,

Тем часом, как сердце, плеща по площадкам,
Вагонными дверцами сыплет в степи.

Амфибрахий   *1922/1956*

마음이, 초라한 플랫폼마다 펄럭이면서,
초원에서 객차의 작은 문들을 여닫고 있는 바로 이 시간에.

〈K〉

※ 1956년에 파스테르나크는 1922년에 발표된 시의 세 번째와 네 번째 연을 개작한다. 여기
에 실린 것은 개작된 작품이다. 1922년 이 시가 수록된 시집 『나의 누이라 삶은 (Сестра моя
- жизнь)』의 출판은 파스테르나크가 재능 있는 시인으로서 본격적으로 인정받는 계기가 된
다. 참고로 1922년 작품의 세 번째와 네 번째 연은 다음과 같다.

Что в мае, когда поездов расписанье
Камышинской веткой читаешь в купе,
Оно грандиозней святого писанья,
И черных от пыли и бурь канапе.

Что только нарвется, разлаявшись, тормоз
На мирных сельчан в захолустном вине,
С матрацев глядят, не моя ли платформа,
И солнце, садясь, соболезнует мне.

5월에, 기차 쿠페 칸에서
카미쉰 지선의 열차 시간표를 읽으면서,
그 시간표는 격정들과 먼지로 새까만 좌석들보다도,
또한 성서보다도 더 장대하기 때문이라니.

기차의 제동장치가 사방으로 욕설을 뱉어내며
시골 포도주에 취한 평화로운 농민들과 맞닥뜨리자마자,
내가 내릴 역인가 하고 부스스 자리에서 일어나 바라들 볼 때,
저무는 태양이 나를 동정하기 때문이라니.

8. Сирень

Положим, — гудение улья,
И сад утопает в стряпне,
И спинки соломенных стульев,
И черные зерна слепней.

И вдруг объявляется отдых,
И всюду бросают дела:
Далекая молодость в сотах,
Седая сирень расцвела!

Уж где-то телеги и лето,
И гром отмыкает кусты,
И ливень въезжает в кассеты
Отстроившейся красоты.

И чуть наполняет повозка
Раскатистым воздухом свод, —
Лиловое зданье из воска,
До облака вставши, плывет.

И тучи играют в горелки,
И слышится старшего речь,
Что надо сирени в тарелке
Путем отстояться и стечь.

Амфибрахий   *1927*

라일락

자, 이렇다 치자. 벌통의 웅웅거림,
뜰은 음식 만들기에 빠져 있고,
짚 의자 등받이들,
까만 알갱이 모양의 등에들.

갑자기 휴식 시간임을 알리며,
곳곳에서 일들을 멈춘다.
아득한 젊음은 벌집 속에 남긴 채,
희끗희끗한 라일락이 활짝 폈다.

벌써 저 어딘가에는 짐마차들과 여름,
벼락이 관목들을 열어젖히고,
폭우가 아름답게 새로 짠 창틀 홈들 안으로
빠르게 흘러 들어온다.

수레 소리가 공기를 타고
하늘에 넓게 퍼지자마자,
밀랍으로 된 연보랏빛 집은
저 높이 구름에까지 날아오른다.

먹구름들이 술래잡기 놀이를 하고,
나이 든 이의 말이 들린다.
필시, 움푹한 접시에 담긴 라일락 때문에
잠잠해지고 빗방울이 돼 떨어질 거라 하네.

〈K〉

39

※ 1927년 작. 이 시도 상당히 함축적이다. 그렇지만 러시아 시골 마을에서 나이 든 라일락 나무들을 흔히 볼 수 있다는 것을, 오래된 수령의 라일락도 여전히 관목이라는 것을, 그리고 그것을 "밀랍으로 된 연보랏빛 집"으로 볼 수 있다는 것을 생각한다면, 쉽게 읽힐 수 있다. 물론 이것을 바탕으로 여러 가지 깊고 섬세한 고찰들도 생각해 볼 수 있을 것이다.

9. Марине Цветаевой

Ты вправе, вывернув карман,
Сказать: ищите, ройтесь, шарьте.
Мне всё равно, чем сыр туман.
Любая быль — как утро в марте.

Деревья в мягких армяках
Стоят в грунту из гумигута[1],
Хотя ветвям наверняка
Невмоготу среди закута.

Роса бросает ветки в дрожь,
Струясь, как шерсть на мериносе.
Роса бежит, тряся, как еж,
Сухой копной[2] у переносья.

Мне всё равно, чей разговор
Ловлю, плывущий ниоткуда.
Любая быль — как вешний двор,
Когда он дымкою окутан.

Мне всё равно, какой фасон
Суждён при мне покрою платьев.
Любую быль сметут как сон,
Поэта в ней законопатив.

---

1 грунт는 독일어의 Grund에서 온 차용어. '등황나무 줄기에서 추출한 황갈색 염료'를 지칭하는
гумигута는 гуммигута가 옳은 표기.

2 копна는 비유적으로 '짙고 풍성한 머리카락'이라는 의미가 있음.

마리나 츠베타예바에게

너는 호주머니를 뒤집어 꺼내 놓고 이렇게
말할 권리가 있다. 찾아들, 뒤져들, 더듬어들 보세요.
나는 상관없다, 짙은 안개가 무엇으로 축축한 것인지.
어떤 과거사도 마치 3월의 아침과 같다.

부드럽고 투박한 농민 외투를 걸친 나무들은
등황색 지반에 서 있다.
그러나 확신컨대 나뭇가지들은
초라한 농가 한가운데서 견딜 수 없다.

이슬은 메리노 양의 털처럼 흘러내리면서,
나뭇가지들을 떨게 한다.
이슬은 고슴도치처럼 떨면서,
양미간 옆 푸석한 머리칼을 따라 빠르게 떨어진다.

나는 상관없다, 아무런 출처도 없는 곳에서 흘러오는
누구의 소문을 나는 놓치지 않으려 하고 있는지.
어떤 과거사도 아지랑이가 감싸고 있는
봄의 뜰과 같다.

나는 상관없다, 외투들을 재단하면서
내게 어떤 옷본을 정해줬는지.
어떤 과거사도 사람들은 그 속에 시인을 밀봉한 채
마치 꿈처럼 쓸어버릴 것이다.

Клубясь во много рукавов,
Он двинется подобно дыму
Из дыр эпохи роковой
В иной тупик непроходимый.

Он вырвется, курясь, из прорв
Судеб, расплющенных в лепеху,
И внуки скажут, как про торф:
Горит такого-то эпоха.

Ямб   *1929*

많은 지류들 속으로 소용돌이치며 올라가며,
시인은 숙명적인 시대의 구멍으로부터
통과할 수 없는 또 다른 막다른 길로
마치 연기처럼 흘러갈 것이다.

그는 연기를 내뿜으며, 전병 모양으로 짓눌린
엄청난 수의 운명들로부터 간신히 빠져나올 것인데,
그러면 후손들은 마치 갈탄에 대해서처럼 말할 것이다.
시대가 바로 저런 사람을 타게 만든다고.

〈K〉

※ 1929년 작. 20세기 러시아 문학이 낳은 뛰어난 시인 중 하나인 마리나 츠베타예바
(1892~1941)에게 보내는 이 시를 이해하기 위한 맥락은 혁명 이후 츠베타예바가 겪게 되는
비극적인 삶이다. 백군이었던 남편의 망명에 이어 츠베타예바 역시 러시아를 떠나며, 1925년
부터 파리에 정착해서 힘겹게 가족을 부양한다. 그의 시들을 높이 평가한 파스테르나크는 그와
서신 왕래를 10년 넘게 지속하며 우정을 쌓는다. 츠베타예바가 1934년에 쓴 아래의 시는 위의
시에 대한 답신이라고 볼 수 있다.

Тоска по родине! Давно
Разоблаченная морока!
Мне совершенно все равно —
Где — совершенно одинокой

Быть, по каким камням домой
Брести с кошелкою базарной
В дом, и не знающий, что — мой,
Как госпиталь или казарма.

Мне все равно, каких среди
Лиц ощетиниваться пленным
Львом, из какой людской среды
Быть вытесненной — непременно —

В себя, в единоличье чувств.
Камчатским медведем без льдины
Где не ужиться (и не тщусь!),
Где унижаться — мне едино.

Не обольщусь и языком
Родным, его призывом млечным.
Мне безразлично, на каком
Непонимаемой быть встречным!

(Читателем, газетных тонн
Глотателем, доильцем сплетен…)
Двадцатого столетья — он,
А я — до всякого столетья!

Остолбеневши, как бревно,
Оставшееся от аллеи,
Мне все — равны, мне всё — равно;
И, может быть, всего равнее —

Роднее бывшее — всего.
Все признаки с меня, все меты,
Все даты — как рукой сняло:
Душа, родившаяся — где-то.

Так край меня не уберег

Мой, что и самый зоркий сыщик

Вдоль всей души, всей — поперек!

Родимого пятна не сыщет!

Всяк дом мне чужд, всяк храм мне пуст,

И все — равно, и все — едино.

Но если по дороге — куст

Встает, особенно — рябина···

Ямб[1]

---

1 4행, 15행, 16행, 37행의 첫음절에 운율적 파격으로 강세가 올 수 있다.

조국을 그리워하는 속절없음! 오래전에
다 드러나 버린 이 멍한 마음!
나는 완전히 상관없다네,
어디서 완전히 홀로

있어야 하든, 귓갓길 위 어떤 돌들을 따라서
작은 장 보따리와 함께 간신히 걸음을 옮겨야 하든,
마치 병원이나 막사처럼
여기가 나의 집인지 알지도 못하는 집으로 그렇게.

나는 상관없다네, 어떤 사람들 속에서
잡힌 사자처럼 갈기를 곤두세워야 하든,
필시 어떤 주변 사람들로부터 배척당하든,

그래서 자신 안에, 혼자만의 감정에 갇혀야 하든.
빙하가 없는 캄챠카 곰처럼
어디서는 눌러살지 못하든(그러려 애쓰지도 않는다네!),
어디서 자신을 낮춰야 하든, 내겐 상관없네.

나는 모국어에도, 그것의 모유 같은 부름에도
유혹당하지 않을 것이네.
나는 관심 없다네,
어떤 상대방 언어로도 이해될 수 없다 해도.

(독자로, 수천 톤의 신문지를 삼키는 자로,
협잡꾼으로 짜여 있네…)
20세기에 그가 있지만,
나는 모든 세기에 이르기까지 있을 것이다.

통나무처럼 꼼짝하지 않고 박혀서,
가로수길로부터 사라지지 않은 채,
내겐 모든 이들이 똑같고, 내겐 모든 것이 똑같다.
그리고 아마도 가장 똑같은 것은

오직 조국에서 있었던 것.
나의 모든 특징들, 모든 목표들,
모든 날짜들은 씻은 듯이 사라졌네.
영혼은 태어나서 그 어딘가에 있네.

이렇듯 내 나라는 나를 보호치 않았기에,
가장 예리한 탐색자도
온 영혼 전체를 샅샅이 뒤져도!
날 때부터 있던 반점을 못 찾을 것이네!

모든 집이 내겐 낯설고, 모든 사원이 내겐 비어 있고,
모든 것이 똑같고, 모든 것이 한결같다네.
그러나 혹시 길을 따라 관목이
그것도 특히 마가목¹이 일어나 있다면……

---

1 츠베타예바에게서 러시아는 자그마한 빨간 열매들이 달린 마가목으로 환기된다.

10. На ранних поездах

Я под Москвою эту зиму,
Но в стужу, снег и буревал
Всегда, когда необходимо,
По делу в городе бывал.

Я выходил в такое время,
Когда на улице ни зги,
И рассыпал лесною темью
Свои скрипучие шаги.

Навстречу мне на переезде
Вставали ветлы пустыря.
Надмирно высились созвездья
В холодной яме января.

Обыкновенно у задворок
Меня старался перегнать
Почтовый или номер сорок,
А я шел на шесть двадцать пять.

Вдруг света хитрые морщины
Сбирались щупальцами в круг.
Прожектор несся всей махиной
На оглушенный виадук.

새벽 열차들

나는 올겨울 모스크바 근교[1]에 있는데,
일 때문에 반드시
모스크바를 다녀올 때면 언제나
혹한 속에 눈을 동반한 강풍이 불었다.

나는 거리가 아주 깜깜한 그런 시간에
집을 나섰으며,
숲의 어둠을 따라
뽀드득거리는 발걸음 소리를 흩뿌렸다.

건널목에서 나를 마주하며
빈터의 버드나무들이 서 있었다.
1월의 차디찬 빈 구멍에는 성좌들이
세상 너머로 높이 치솟아 있었다.

보통 역사 뒤편 근처에서
우편 열차나 40호 열차가
열심히 나를 재촉시키곤 하지만,
나는 6시 25분 전동기차를 타러 간다.

갑자기 빛의 교활한 주름들이
더듬거리면서 둥그렇게 모여든다.
탐조등이 엄청나게 커다란 모습으로
귀가 먹먹해진 육교 위를 빠르게 비춘다.

———————

1 모스크바의 남서쪽에 위치하고, 주로 작가와 예술가를 위한 다챠들이 있는 마을인 페레델키
노(Переделкино)이다. 1940년 파스테르나크는 이곳에서 겨울을 보냈다.

В горячей духоте вагона
Я отдавался целиком
Порыву слабости врожденной
И всосанному с молоком.

Сквозь прошлого перипетии
И годы войн и нищеты
Я молча узнавал России
Неповторимые черты.

Превозмогая обожанье,
Я наблюдал, боготворя.
Здесь были бабы, слобожане,
Учащиеся, слесаря.

В них не было следов холопства,
Которые кладет нужда,
И новости и неудобства
Они несли, как господа.

Рассевшись кучей, как в повозке,
Во всем разнообразьи поз,
Читали дети и подростки,
Как заведенные, взасос.

Москва встречала нас во мраке,
Переходившем в серебро,

객차의 뜨거운 숨 막힘 속에서
나는 전혀 어찌하지 못하고,
젖먹이 때부터 몸에 밴 것이기에,
태생적 허약함을 갑자기 드러낸다.

지난 고난들을 그리고
전쟁들[1]과 궁핍의 세월을 통해서
나는 아무 말 없이
러시아의 둘도 없는 특징들을 알아 왔다.

맹목적인 찬양을 억눌러가면서도,
나는 맹목적인 애정을 느끼며 관찰한다.
여기에 탄 이들은 농촌 아낙들, 근교 마을의 주민들,
학생들, 철물공들이다.

이들 안에는 필요가 만들어내는
비굴함의 흔적들도 없고,
새로운 것들도 불편한 것들도
마치 주님처럼 껴안고 간다.

마치 화물차인 양 온갖 다양한 자세들로,
여기저기 무리 지어 앉은 채로,
아이들과 청소년들은 마치 인솔돼서 가는 듯
책들을 속으로 읽고 있다.

은빛으로 바뀐 어둠 속에서
모스크바는 우리들을 마중하고,

---

1 러일전쟁, 1차 세계 대전, 혁명 후 내전을 가리킨다.

И, покидая свет двоякий,
Мы выходили из метро.

Потомство тискалось к перилам
И обдавало на ходу
Черемуховым свежим мылом
И пряниками на меду.

Ямб   *1941*

이 이중적인 빛을 뒤로 한 채로,
우리들은 메트로¹에서 밖으로 나온다.

아이들은 서로 난간으로 밀치면서 올라갔고,
벚꽃 향기의 신선한 비누 내음을,
향신료를 넣은 당밀 과자 냄새를
걸어가면서 주변에 뿌려댔다.

〈K〉

※ 1941년 작. 전쟁 직전 해의 겨울을 페레델키노에서 보내면서 필요한 경우에는 새벽 전동기 차로 모스크바 시내로 가던 일상적 경험을 이제 시인은 더욱 단순하게 형상화해서 우리에게 보여주고 있다. 그런데 이 시도 과연 안나 아흐마토바(Анна Ахматова; 1889~1966)에 따르면 파스테르나크가 그를 만나서 부끄러워하던 시민적 시들에 속하는 것일까?

---

1 모스크바에서 최초로 메트로가 운행된 것은 1935년의 일이며, 그 후 노선은 계속 확장돼 왔다.

11. Памяти Марины Цветаевой

Хмуро тянется день непогожий.
Безутешно струятся ручьи
По крыльцу перед дверью прихожей
И в открытые окна мои.

За оградою вдоль по дороге
Затопляет общественный сад.
Развалившись, как звери в берлоге,
Облака в беспорядке лежат.

Мне в ненастье мерещится книга
О земле и ее красоте.
Я рисую лесную шишигу
Для тебя на заглавном листе.

Ах, Марина, давно уже время,
Да и труд не такой уж ахти,
Твой заброшенный прах в реквиеме
Из Елабуги перенести.

Торжество твоего переноса
Я задумывал в прошлом году
На снегами пустынного плеса,
Где зимуют баркасы во льду.

————

마리나 츠베타예바를 추모하며

한껏 찌푸린 채로 날씨 나쁜 날이 그럭저럭 지속된다.
아무 위안도 없이 개울들이 흘러간다,
열린 내 창문들 밖에서
현관문 앞 출입구 계단을 따라서.

울타리 너머 길을 따라
공원이 물에 잠겨 있다.
곰의 동면 굴 안의 맹수들처럼 사지를 쭉 펴고,
구름들이 무질서하게 누워있다.

험한 날씨 속에서 내게 보이는 것은
대지와 그 아름다움에 관한 책이다.
나는 그 속표지 속에 너를 위해
숲의 요정을 그려 넣고 있다.

아, 마리나, 벌써 오래전에,
내팽개쳐진 너의 유해를 옐라부가¹로부터
레퀴엠이 울리는 가운데 옮겨와야 할 때였건만,
참으로 그 일이 더는 쉽지 않네.

작년에 나는 너의 이장 의식을
곰곰이 생각했었다,
얼음 속에서 작은 증기선들이 겨울을 나는
적막한 강구에 쌓인 눈 너머를 바라보면서.

————

1 마리나 츠베타예바가 스스로 세상을 떠난 도시.

Мне так же трудно до сих пор
Вообразить тебя умершей,
Как скопидомкой мильонершей
Средь голодающих сестер.

Что сделать мне тебе в угоду?
Дай как-нибудь об этом весть.
В молчаньи твоего ухода
Упрек невысказанный есть.

Всегда загадочны утраты.
В бесплодных розысках в ответ
Я мучаюсь без результата:
У смерти очертаний нет.

Тут всё — полуслова и тени,
Обмолвки и самообман,
И только верой в воскресенье
Какой-то указатель дан.

Зима — как пышные поминки:
Наружу выйти из жилья,
Прибавить к сумеркам коринки,
Облить вином — вот и кутья.

Пред домом яблоня в сугробе,
И город в снежной пелене —
Твое огромное надгробье,
Как целый год казалось мне.

마찬가지로 지금까지 나는
네가 굶주린 자매들 사이에서 마치
수전노 백만장자 부인같이
죽었다는 것을 상상하기 힘들다.

나는 네가 마음에 들도록 무엇을 해야 하나?
이에 관해서 어떻게든 통고를 해라.
너의 떠남의 침묵 속에는
말하지 않은 질책이 있다.

상실은 언제나 수수께끼 같다.
헛되이 답을 찾으면서,
나는 결말 없이 괴로워한다.
죽음에는 윤곽이 없으니.

거기서는 모든 게 불명확한 말들과 흐릿한 그림자들,
실언들과 자기기만,
그래서 오직 부활의 믿음으로써만
그 어떤 표식이 주어져 있다.

겨울은 마치 화사한 추도식 같으니,
거처에서 밖으로 나갈 것,
땅거미에 건포도 알갱이들을 올릴 것,
포도주를 따를 것, 자 이게 바로 추도식 음식.

집 앞에 사과나무들이 눈더미 속에 서 있다.
그리고 눈으로 된 수의를 입고 있는 도시는
올 한 해 내내 나에게 보였던 것과 같은
너의 거대한 비문이다.

Лицом повернутая к богу,

Ты тянешься к нему с земли,

Как в дни, когда тебе итога

Еще на ней не подвели.

Анапест/Ямб[1]   *1943*

---

1 첫 부분은 약약강격, 두 번째 부분은 약강격이다. 첫 부분의 1행과 13행은 첫음절에도 강조
강세가 올 수 있다.

신을 향해 얼굴을 돌린 채로
너는 이 땅을 떠나 그에게로 천천히 가고 있고,
지금 여기에서의 나날들은 너에게
아직 결산도 다하지 않은 것 같다.

〈K〉

※ 1943년 12월 작. 1937년에 막연한 희망을 품고 먼저 딸이 그리고 남편이 각각 러시아로 떠나자, 마리나 츠베타예바도 1939년에 아들을 데리고 귀국한다. 그러나 그해에 먼저 딸이, 이어서 남편이 체포되고, 딸은 구금과 유배형에 처하고, 남편은 10월에 총살당한다. 절망과 고독 속에서 츠베타예바는 1942년 8월 31일에 스스로 생을 마감했으며, 비문도 없이 묻혔다. 아들은 1944년에 전선에서 전사했다.
승리와 함께 2차대전이 끝난 후, 파스테르나크는 위의 추모시를 1946년 4월에 시인들의 모임에서 처음으로 낭독한다. 이 시는 그의 사후 1965년에 출판되었다.

12. Зазимки

Открыли дверь, и в кухню паром
Вкатился воздух со двора,
И всё мгновенно стало старым,
Как в детстве в те же вечера.

Сухая, тихая погода.
На улице, шагах в пяти,
Стоит, стыдясь, зима у входа
И не решается войти.

Зима — и всё опять впервые.
В седые дали ноября
Уходят ветлы, как слепые
Без палки и поводыря.

Во льду река и мерзлый тальник,
А поперек, на голый лед,
Как зеркало на подзеркальник,
Поставлен черный небосвод.

Пред ним стоит на перекрестке,
Который полузанесло,
Береза со звездой в прическе
И смотрится в его стекло.

Она подозревает втайне,
Что чудесами в решете

첫 추위

문을 열자, 뜰에서 부엌으로
공기가 증기처럼 돼서 빠르게 들어왔고,
모든 게 갑자기 옛날로 돼버렸다,
마치 어린 시절 그 저녁들 같은.

고요하고 메마른 날씨.
거리 위에, 다섯 걸음 정도 떨어져서,
부끄러워하며, 입구 근처에 겨울이 서 있으며,
들어갈까 결정하지 못하고 있다.

겨울이니 모든 게 또다시 처음이다.
11월의 회색빛 먼 곳들로
마치 지팡이도 안내자도 없는 장님처럼
버드나무들이 떠나가고 있다.

얼음 속의 강물과 성에 낀 버들.
경대 위 거울 같은
맨 얼음 위에 거꾸로
검은 창궁이 놓여 있다.

그 앞에, 반쯤 눈 덮인 교차로 위에
머리를 묶고 별과 함께
자작나무가 서 있으며,
거울 유리 속 자신의 모습을 바라보고 있다.

자작나무는 은밀히 의심하고 있다,
멀리 외딴곳 다챠에서 겨울이

Полна зима на даче крайней,
Как у нее на высоте.

Ямб   *1944*

마치 절정에 있을 때처럼
기묘한 일들로 가득한지를.

⟨K⟩

※ 1944년 발표. 비극적인 전란을 겪으면서 시인의 서정적 묘사는 더욱 단순해지고, 더욱 자연스러워진다.

13.

Во всем мне хочется дойти
До самой сути.
В работе, в поисках пути,
В сердечной смуте.

До сущности протекших дней,
До их причины,
До оснований, до корней,
До сердцевины.

Всё время схватывая нить
Судеб, событий,
Жить, думать, чувствовать, любить,
Свершать открытья.

О, если бы я только мог
Хотя отчасти,
Я написал бы восемь строк
О свойствах страсти.

О беззаконьях, о грехах,
Бегах, погонях,
Нечаянностях впопыхах,
Локтях, ладонях.

Я вывел бы ее закон,
Ее начало,

모든 것에서 나는 끝까지 가고 싶다.
그 본질까지 가고 싶다.
일에서도, 길을 찾는 데서도,
마음의 혼란에 있어서도.

지나간 날들의 본질까지,
그것들의 원인까지,
그 기초까지, 그 뿌리까지,
그 핵심까지.

언제나 운명의 사건들의
실마리를 포착하면서
살고, 생각하고, 느끼고, 사랑하고,
발견도 하고 싶다.

오, 만일 내가 비록 일부분일지라도
정열의 속성들에 관해서
단지 여덟 줄 정도만이라도
제대로 쓸 수 있다면

범죄들에 대해서, 죄악들에 대해서,
도망과 추격들에 대해서,
황급히 생겨난 뜻밖의 사건에 대해서,
팔꿈치와 손바닥들에 대해서.

나는 정열의 법칙을
그 단초를 이끌어 내고 싶고,

И повторял ее имен
Инициалы.

Я б разбивал стихи, как сад.
Всей дрожью жилок
Цвели бы липы в них подряд,
Гуськом, в затылок.

В стихи б я внес дыханье роз,
Дыханье мяты,
Луга, осоку, сенокос,
Грозы раскаты.

Так некогда Шопен вложил
Живое чудо
Фольварков, парков, рощ, могил
В свои этюды.

Достигнутого торжества
Игра и мука —
Натянутая тетива
Тугого лука.

Ямб   *1956*

그 이름들의 첫 글자들을
반복하고 싶다.

나는 마치 정원처럼 시를 짓고 싶다.
마치 보리수들이 연이어서
한 줄로 나란히 온통 잎맥들을 떨면서
꽃을 피우듯이.

시 속에 나는 장미의 숨결을,
민트의 숨결을,
초원을, 향모를, 풀베기를,
뇌우의 으르렁거림을 집어넣고 싶다.

언젠가 쇼팽이 그랬던 것처럼
폴란드식 장원의, 공원의, 작은 숲의, 무덤의
생생한 경이로움을
자신의 연습곡들 속에 집어넣었듯이 그렇게.

승리를 거둔
경기와 그 고통은
팽팽히 당겨진 활의
긴장된 활시위.

〈A〉

※ 파스테르나크가 그의 사망 4년 전인 1956년에 쓴 작품이다. 이 시는 그의 사후 1961년에
출간된 유고 시집 『날이 맑아질 때(Когда разгуляется)』에 실렸다. 시인의 사회적 역할과 창
작 활동에 있어서 끝까지 가고자 하는 열망을 담고 있다.

14. Когда разгуляется

Большое озеро как блюдо.
За ним — скопленье облаков,
Нагроможденных белой грудой
Суровых горных ледников.

По мере смены освещенья
И лес меняет колорит.
То весь горит, то черной тенью
Насевшей копоти покрыт.

Когда в исходе дней дождливых
Меж туч проглянет синева,
Как небо празднично в прорывах,
Как торжества полна трава!

Стихает ветер, даль расчистив.
Разлито солнце по земле.
Просвечивает зелень листьев,
Как живопись в цветном стекле.

В церковной росписи оконниц
Так в вечность смотрят изнутри
В мерцающих венцах бессонниц
Святые, схимники, цари.

Как будто внутренность собора —
Простор земли, и чрез окно

날이 맑아질 때

넓은 접시와 같은 커다란 호수.
그 너머에는 험준한 산악 빙하들의
하얀 더미 모양으로
쌓여 있는 구름들.

빛의 변화에 따라
숲도 색조를 바꾼다.
온통 불타거나, 짙게 쌓인 그을음의
검은 그림자로 덮여 있다.

비 오는 날들이 지나고
먹구름 사이로 푸르름이 보일 때,
곳곳에서 열린 하늘은 얼마나 축제 같은가!
풀은 얼마나 환희에 차 있는가!

바람은 저 먼 곳까지 깨끗하게 휩쓴 후 잦아든다.
햇볕은 땅 위로 마구 쏟아져 내린다.
색 유리창 속 그림처럼
나뭇잎들은 초록빛을 반짝인다.

교회 창틀의 성화 속에서는
희미하게 빛나는 불면의 관을 쓴 채로
성자들과 수도사들과 황제들이
그렇게 안에서 영원을 들여다본다.

대지의 드넓음은 마치 사원의 내부와 같으니,
그래서 창문 너머로

Далекий оттолосок хора
Мне слышать иногда дано.

Природа, мир, тайник вселенной,
Я службу долгую твою,
Объятый дрожью сокровенной,
В слезах от счастья отстою.

Амфибрахий   *1956*

성가대의 머나먼 메아리가
때때로 내게 들려오기도 한다.

자연이여, 세상이여, 우주의 유현한 곳이여,
내 너를 위한 오랜 섬김을,
내밀한 떨림에 휩싸여, 행복의 눈물로 글썽이며,
끝까지 완수하리라.

〈A〉

※ 1956년 작. 파스테르나크 후기 작품세계의 정점을 이루는 시로서 파스테르나크의 세계관
을 잘 보여주고 있다. 흐리고 우울한 날씨 후에 화창한 날이 시작되는 자연에 대해 묘사하면서,
인간의 영적 완성, 자연의 조화, 시인의 창작 활동의 절정을 상징하는 성당의 이미지로 연결되
고 있다. 맑은 하늘이 도래하듯 변화는 반드시 오고 세상이 맑아지고 태양이 다시 빛난다는 것
을 통해 영적 여정의 완성을 향한 화자 자신의 다짐을 내비치고 있다.

15. В больнице

Стояли как перед витриной,
Почти запрудив тротуар.
Носилки втолкнули в машину.
В кабину вскочил санитар.

И скорая помощь, минуя
Панели, подъезды, зевак,
Сумятицу улиц ночную,
Нырнула огнями во мрак.

Милиция, улицы, лица
Мелькали в свету фонаря.
Покачивалась фельдшерица
Со склянкою нашатыря.

Шел дождь, и в приемном покое
Уныло шумел водосток,
Меж тем как строка за строкою
Марали опросный листок.

Его положили у входа.
Всё в корпусе было полно.
Разило парами иода,
И с улицы дуло в окно.

Окно обнимало квадратом
Часть сада и неба клочок.

병원에서

사람들은 마치 진열장 앞에서처럼
인도를 거의 막은 채로 서 있다.
들것을 구급차 속으로 밀어 넣는다.
차 안으로 간호사는 뛰어 올라탄다.

구급차가
인도를, 입구를, 구경꾼들을,
혼잡한 밤거리를 지나치면서
어둠 속으로 불빛을 반짝이며 모습을 감춘다.

경찰관, 거리, 사람들은
가로등 불에 반짝거리고 있다.
작은 암모니아수 병을 든
간호사가 흔들거리며 간다.

비가 내리고 있고, 응급실 안에선
배수구가 우울하게 소리를 내고 있으며,
그 와중에 한 줄 한 줄
문진표가 채워지고 있다.

그를 입구 근처 침상에 배정했다.
병동 전체가 꽉 차 있었다.
지독하게 요오드 냄새가 나고,
거리로부터 창문으로 바람이 불어오고 있었다.

정원의 한 부분과 하늘의 한 조각을
창문이 사각형으로 감싸고 있다.

К палатам, полам и халатам
Присматривался новичок.

Как вдруг из расспросов сиделки,
Покачивавшей головой,
Он понял, что из переделки
Едва ли он выйдет живой.

Тогда он взглянул благодарно
В окно, за которым стена
Была точно искрой пожарной
Из города озарена.

Там в зареве рдела застава,
И, в отсвете города, клен
Отвешивал веткой корявой
Больному прощальный поклон.

«О господи, как совершенны
Дела твои, — думал больной, —
Постели, и люди, и стены,
Ночь смерти и город ночной.

Я принял снотворного дозу
И плачу, платок теребя.
О боже, волнения слезы
Мешают мне видеть тебя.

Мне сладко при свете неярком,

커다란 병실과 바닥과 환자복들에
새로 온 그 환자는 익숙해지려 애썼다.

고개를 흔들며 질문하는
간호보조원의 태도에서
그는 불현듯 치료를 받아도
가망이 거의 없다는 것을 깨달았다.

그러자 그는 감사히 창밖을 바라보았다.
창문 너머 벽은
마치 도시의 화염 때문인 듯
붉게 빛나고 있었다.

그 풍경 속 초소는 노을로 붉게 물들어 있으며,
그 도시의 노을빛 속에서
단풍나무는 옹이투성이 가지를 흔들며,
병든 자에게 정중히 작별 인사를 하고 있었다.

병든 자는 생각했다.
"오, 주여, 당신이 하시는 일은 정말로 완벽합니다.
침상이며, 사람들이며, 벽이며,
죽음의 밤과 밤의 도시까지.

나는 처방받은 수면제를 먹고,
손수건을 만지작거리며 울고 있습니다.
오, 신이시여! 이 흥분한 눈물 때문에
나는 당신이 보이지 않습니다.

병상을 간신히 비추는 이 흐릿한 빛 아래,

Чуть падающем на кровать,
Себя и свой жребий подарком
Бесценным твоим сознавать.

Кончаясь в больничной постели,
Я чувствую рук твоих жар.
Ты держишь меня, как изделье,
И прячешь, как перстень, в футляр».

Амфибрахий   *1956*

나 자신이, 그리고 내 운명이
당신이 선사하신 소중한 선물임을 깨달은 것은
너무나도 감미롭습니다.

이 병상에서 죽어가면서,
나는 당신의 두 손의 열기를 느낍니다.
당신은 나를 세공품처럼 손에 쥐고
마치 반지처럼 보석함에 집어넣습니다."

〈A〉

※ 1956년 작. 사후 출판된 마지막 시집 『날이 맑아질 때(Когда разгуляется)』에 실렸다. 1952년 가을 일어난 사건을 배경으로 한다. 노년의 파스테르나크가 심장마비를 일으켜 구급차를 타고 병원으로 이송된 경험을 바탕으로 쓴 시이다. 죽음이 임박했지만 그에 맞서 싸우려 하지 않고 삶의 결과를 받아들이는 사람의 상태를 보여주고 있다. 인생의 마지막이라고 생각되는 순간 하느님과의 대화를 통한 기쁨을 얻게 된다.

16.

Быть знаменитым некрасиво.
Не это подымает ввысь.
Не надо заводить архива,
Над рукописями трястись.

Цель творчества — самоотдача,
А не шумиха, не успех.
Позорно, ничего не знача,
Быть притчей на устах у всех.

Но надо жить без самозванства,
Так жить, чтобы в конце концов
Привлечь к себе любовь пространства,
Услышать будущего зов.

И надо оставлять пробелы
В судьбе, а не среди бумаг,
Места и главы жизни целой
Отчеркивая на полях.

И окунаться в неизвестность,
И прятать в ней свои шаги,
Как прячется в тумане местность,
Когда в ней не видать ни зги.

Другие по живому следу
Пройдут твой путь за пядью пядь,

유명하다는 것은 아름답지 못하다.
그것이 너를 저 높은 데로 올려주지는 않는다.
문서보관소를 마련할 필요도 없고,
원고들을 가지고 애써 걱정하지도 마라.

창작의 목적은 자기 몰두니,
요란한 찬탄이나 성공이 아니다.
아무것도 아니면서 모두의 입에서
말씀이 되는 것은 수치스럽다.

하지만 자신을 내세우며 살지 말 것.
마침내 저 넓은 세상의 사랑을
자신에게 이끌어올 수 있도록,
미래의 부름이 제대로 들릴 수 있도록, 그렇게 살 것.

종이들 사이가 아니라 운명 속에
여백들을 남겨 놓을 것,
삶의 경로가 머무른 곳들과 넘어간 곳들을
들판에다 선으로 그리면서 그렇게.

무명의 존재로 침잠할 것,
자신의 발걸음을 그 속에 숨길 것.
지척도 분간할 수 없는 지형이
짙은 안개 속에 숨어 있는 것처럼 그렇게.

다른 이들이 살아 있는 자취를 따라
너의 길을 한 뼘 한 뼘 지나갈 것이지만,

Но пораженья от победы
Ты сам не должен отличать.

И должен ни единой долькой
Не отступаться от лица,
Но быть живым, живым и только,
Живым и только до конца.

Ямб[1]   *1956*

너 스스로가 승리와 패배를
구별해서는 안 되는 법.

그리고 아주 조금이라도 개성을
버리면 안 되는 법,
해서 살아 있을 것, 오로지 그것뿐,
오로지 끝까지 살아 있을 것.

〈K〉

※ 1956년 작. 이 시는 잠언적인 형태와 유사해서 널리 알려졌지만, 오히려 여기서 말하는 "너"
는 파스테르나크 자신을 가리킨다고 보아야 한다. 이것은 자기 자신에게 하는 성찰과 다짐이
어서, 어떤 잠언적 성격이 드러나는 것은 그 내용의 타당성에 독자들이 공감할 때뿐이다. 그러
나 운명은 알 수 없는 법! 위와 같은 자신의 뜻과 다짐과는 무관하게, 바로 2년 뒤에 노벨문학
상의 수상과 또 강요된 상의 포기로 인해서 전 세계적으로 유명해지게 될 것을 파스테르나크는
이 시를 쓰면서 짐작이나 했을까….

17. Липовая аллея

Ворота с полукруглой аркой.
Холмы, луга, леса, овсы.
В ограде — мрак и холод парка,
И дом невиданной красы.

Там липы в несколько обхватов
Справляют в сумраке аллей,
Вершины друг за друга спрятав,
Свой двухсотлетний юбилей.

Они смыкают сверху своды.
Внизу — лужайка и цветник,
Который правильные ходы
Пересекают напрямик.

Под липами, как в подземельи,
Ни светлой точки на песке,
И лишь отверстием туннеля
Светлеет выход вдалеке.

Но вот приходят дни цветенья,
И липы в поясе оград
Разбрасывают вместе с тенью
Неотразимый аромат.

Гуляющие в летних шляпах
Вдыхают, кто бы ни прошел,

보리수 가로수길

반원형 아치의 출입구.
언덕, 풀밭, 숲, 귀리밭.
울타리 안에는 공원의 어두움과 차가움,
그리고 미증유로 아름다운 집.

그곳에서 아름드리 보리수들이
가로수길의 어스름 속에서
서로의 꼭대기들을 차례로 감춘 채
자신들의 이백 주년 기념제를 거행하고 있다.

그 나무들은 위에서 창궁을 가리고 있다.
밑에서는, 똑바로 난 통로들이
곧장 가로지르고 있는
화단과 작은 풀밭을 가리고 있다.

보리수들 밑에는 마치 동굴 속처럼
모래땅 위에 어떤 양달도 없고,
단지 터널 끝 구멍처럼
저 멀리 출구가 밝게 보인다.

허나 자 꽃가루의 계절이 오고,
공원 안 보리수들은
곳곳에 그림자와 더불어
물리치기 어려운 향기를 드리운다.

여름 모자를 쓰고 산책하며
지나가는 사람은 누구든

Непостижимый этот запах,
Доступный пониманью пчел.

Он составляет в эти миги,
Когда он за сердце берет,
Предмет и содержанье книги,
А парк и клумбы — переплет.

На старом дереве громоздком,
Завешивая сверху дом,
Горят, закапанные воском,
Цветы, зажженные дождем.

Ямб   *1957*

현묘한 그 내음을 들이마시지만,
꿀벌만이 그것을 이해할 수 있다네.

그 향기 속에 빠져서 마음이
우울하게 젖어 드는 순간에
책의 주제와 내용이 만들어지고,
공원과 꽃밭들이 장정을 씌운다.

나이 든 육중한 나무에 핀 꽃들은
위에서 커튼을 치듯 집을 가리면서,
밀랍 방울들로 얼룩진 채로
빗방울들에 점화돼서 타고 있다.

〈K〉

※ 1957년 작. 파스테르나크에게서 서정적 정경 묘사의 스타일은 젊었을 때나 말년이나 한결같다. 단지 말년의 작품들에서는 표현의 구성이 더 단순해진다. 가령, 이 시를 1915년에 쓴 「비 온 후」와 비교해보는 것도 재미있을 것이다.

18. Снег идет

Снег идет, снег идет.
К белым звездочкам в буране
Тянутся цветы герани
За оконный переплет.

Снег идет, и всё в смятеньи,
Всё пускается в полет, —
Черной лестницы ступени,
Перекрестка поворот.

Снег идет, снег идет,
Словно падают не хлопья,
А в заплатанном салопе
Сходит наземь небосвод.

Словно с видом чудака,
С верхней лестничной площадки,
Крадучись, играя в прятки,
Сходит небо с чердака.

Потому что жизнь не ждет.
Не оглянешься — и святки.
Только промежуток краткий,
Смотришь, там и новый год.

Снег идет, густой-густой.
В ногу с ним, стопами теми,

눈이 온다

눈이 온다, 눈이 온다.
눈보라 속 하얀 별들을 향해
제라늄꽃들이
창문틀 너머로 뻗어 있다.

눈이 온다, 모든 것이 혼돈의 상태고,
모든 것이 날아다닌다.
시커먼 계단의 층계들도,
교차로의 모퉁이도.

눈이 온다, 눈이 온다,
마치 떨어지는 것은 눈송이가 아니라,
천을 덧댄 낡은 외투를 걸친 채로
온 하늘이 땅으로 내려오는 것처럼.

괴짜 같은 모양새로
계단 맨 위 층계참에서
숨바꼭질하면서 몰래몰래,
다락방에서 하늘이 내려온다.

삶은 기다려주지 않으니,
뒤돌아볼 새 없이 곧 성탄절 주간.
잠깐만 지나면,
자, 바로 곧 새해다.

눈이 온다, 짙고 짙은 눈이.
눈과 함께 보조를 맞춰 그 발걸음으로,

В том же темпе, с ленью той
Или с той же быстротой,
Может быть, проходит время?

Может быть, за годом год
Следуют, как снег идет,
Или как слова в поэме?

Снег идет, снег идет,
Снег идет, и всё в смятеньи:
Убеленный пешеход,
Удивленные растенья,
Перекрестка поворот.

Хорей[1]   *1957*

―――――――

1 이 시에서 세 번 나오는 Снег идет, снег идет 시행의 경우, 행의 절단을 통해서 원래 있
어야 할 중간의 약한 음절을 휴지(休止)로 대체하는 변형이 나타난다.

그 속도로 그렇게 느릿느릿,
아니면 그렇게 빨리빨리
시간이 지나가는 걸까?

한 해 뒤에 또 한 해가
마치 눈이 오는 것처럼,
혹은 긴 시 속에서 단어들처럼 그렇게 오는 걸까?

눈이 온다, 눈이 온다,
눈이 온다, 모든 것이 혼돈의 상태다.
하얗게 된 행인도,
놀란 초목들도,
그리고 교차로의 모퉁이도.

〈A〉

※ 1957년 작. 소련에서 소설 『의사 쥐바고』의 출판이 거부당하여 파스테르나크가 힘든 시간
을 보내던 때 쓴 작품이다. 소련에서 이 작품은 80년대 후반에야 잡지 『신세계(Новый мир)』
에 실리게 된다. 이 시는 곧 한 해가 지나가는 연말에 느끼는 세월과 삶의 속절없음을 떨어지는
눈을 통해서 묻고 있다. 연말에 눈이 내릴 때 혼자 낭송하기 딱 좋은 시이다. 이 시를 읽으면 다
음과 같은 장면이 떠오른다. 체호프의 희극 『세 자매』를 보면, 2막의 대화적 논쟁 장면에서 투
젠바흐가 자연과 삶은 있는 그 자체로서 존재할 뿐이라는 주장을 펼치자 마샤가 "그래도 의미
는 있지 않을까요?"라고 반문하는데, 이에 투젠바흐가 응수한다. "의미라···. 자, 눈이 오는 것
을 보세요. 어떤 의미가 있죠?"

19. За поворотом

Насторожившись, начеку
У входа в чащу,
Щебечет птичка на суку
Легко, маняще.

Она щебечет и поет
В преддверьи бора,
Как бы оберегая вход
В лесные норы.

Под нею — сучья, бурелом,
Над нею — тучи,
В лесном овраге, за углом —
Ключи и кручи.

Нагроможденьем пней, колод
Лежит валежник.
В воде и холоде болот
Цветет подснежник.

А птичка верит, как в зарок,
В свои рулады
И не пускает на порог
Кого не надо.

———————

길모퉁이에서

한껏 경각심을 높인 채로, 조심스럽게
산림 어귀 주변에서,
큰 가지 위의 작은 새가
오라고 하듯 가볍게 지저귀고 있다.

침엽수림 입구에서 그 새는
지저귀면서 노래한다,
마치 숲에 사는 짐승들의 굴
입구를 지키고 있는 듯이.

새 아래에는 큰 가지들과 풍해로 쓰러진 수목들,
새 위로는 먹구름들,
계곡 속 모퉁이를 돌아서는
샘들과 절벽들.

땅에 쓰러진 마른 나무들이 무질서하게
그루터기와 통나무 무더기들로 쌓여 있다.
늪지의 물과 추위 속에서
설연화가 피고 있다.

작은 새는 마치 주문처럼
자신의 연속되는 빠른 연주를 믿으며,
필요 없는 이는
어귀로 들어서지 못하게 한다.

————

За поворотом, в глубине
Лесного лога,
Готово будущее мне
Верней залога.

Его уже не втянешь в спор
И не заластишь.
Оно распахнуто, как бор,
Всё вглубь, всё настежь.

Ямб   *1958*

숲속 분지 깊숙한 곳,
길모퉁이에는,
어떤 담보보다 더 믿음직스럽게
내게 미래가 준비돼 있다.

아무도 미래를 더는 논쟁 속으로 끌어넣지도,
곱게 쓰다듬지도 못한다.
그것은 마치 침엽수림처럼 활짝 열려 있다,
온통 깊숙하게, 온통 널찍하게.

〈K〉

※ 1958년 작. 이 시 역시 단순한 서정적 정경 묘사가 특징이지만, 시의 뒷부분에서는 그것을
시적 발화자 자신의 미래와 연결한다. "길모퉁이"라는 삶의 전환점 너머에는 그가 믿는 그리고
그에게 활짝 열려 있는 미래가 있다. 이미 파스테르나크는 자신의 소설 『의사 쥐바고』의 출판
을 금지한 당국의 방침을 어겨가면서 밀라노의 출판사를 통해서 1957년에 출간했고, 이제 그
의 미래는 비판과 비난, 탄압이 확실시됐지만, 이 시에서 말하는 미래는 확실히 긍정적이다. 이
시와 유사한 또 다른 버전의 원고가 있는데, 그것도 보도록 하자.

20. Будущее

У входа в лес, в березняке,
В начале чащи,
Выводит птичка на сучке
Свой клич манящий,

Склонясь почти наперевес
С небес к березе,
Она подготовляет лес
К любой угрозе.

Она щебечет и поет
В преддверьи бора,
Как бы оберегая вход
В лесные норы.

За нею целый мир берлог,
Пищер, укрытий,
Предупреждений и требог,
Просьб о защите.

В лесу навален бурелом,
Над лесом — тучи,
А за лесом и за углом —
Ключи и кручи.

Весною грудою колод
Торчит валежник.

미래

숲 어귀 근처 자작나무 숲에서,
울창한 산림이 시작되는 곳에서,
조그만 새가 작은 가지 위에서
부르는 듯한 울음소리를 내고 있다.

하늘로부터 자작나무를 향해
거의 고개를 숙여가면서,
그 새는 숲을 어떠한 위협에도
대비시키려 한다.

침엽수림 입구에서 그 새는
지저귀면서 노래한다,
마치 숲에 사는 짐승들의 굴
입구를 지키고 있는 듯이.

새 뒤에는 온 세상이
곰의 동면 굴들, 동굴들, 은신처들,
경고와 불안들,
보호 요청들.

숲에는 풍해를 입은 수목들이 쓰러져 있고,
숲 위에는 먹구름들,
숲과 모퉁이를 돌아서는
샘들과 절벽들.

이른 봄 통나무 더미처럼
땅에 쓰러진 마른 나무들이 솟아 있다.

В воде и холоде болот
Дрожит подснежник.

И птичка верит, что зарок
Ее рулада,
И не пускает на порог
Кого не надо.

Ошеломляя и маня
И пряча что-то,
Как будущее ждет меня
У поворота.

Его не втянешь в разговор
И не заластишь.
Таящееся, словно бор,
Оно — всё настежь.

Ямб   *Март 1958*

늪지의 물과 추위 속에서
설연화가 떨고 있다.

작은 새는 자신의 연속되는 빠른 연주를
주문이라고 믿으며,
필요 없는 이는
어귀로 들어서지 못하게 한다.

아연케 하면서 유혹해 부르면서,
그 무언가를 감추면서,
그렇게 미래는 길모퉁이에서
나를 기다린다.

아무도 미래를 더 이상 논쟁 속으로 끌어넣지도,
곱게 쓰다듬지도 못한다.
모습을 숨긴 채로, 마치 침엽수림처럼,
그것은 온통 널찍하게 열려 있다.

〈K〉

※ 1958년 3월 작. 일반적으로 앞의 시, 「길모퉁이에서」가 이 시보다 완성도가 높은 것으로 간주된다. 「길모퉁이에서」의 정경 묘사가 더 단순하고 더 잘 정리되어 있다. 그렇지만 현실에 대한 상징적 함축과 미래에 대한 시적 규정은 이 시에서 더 자연스러워 보인다.

21. Всё сбылось

Дороги превратились в кашу.
Я пробираюсь в стороне.
Я с глиной лед, как тесто, квашу,
Плетусь по жидкой размазне.

Крикливо пролетает сойка
Пустующим березняком.
Как неготовая постройка,
Он высится порожняком.

Я вижу сквозь его пролеты
Всю будущую жизнь насквозь.
Всё до мельчайшей доли сотой
В ней оправдалось и сбылось.

Я в лес вхожу, и мне не к спеху.
Пластами оседает наст.
Как птице, мне ответит эхо,
Мне целый мир дорогу даст.

Среди размокшего суглинка,
Где обнажился голый грунт,
Щебечет птичка под сурдинку
С пробелом в несколько секунд.

Как музыкальную шкатулку,
Ее подслушивает лес,

모든 게 다 이뤄져 있다

길들은 죽으로 바뀌었다.
나는 옆으로 비켜서 지나간다.
나는 진흙 섞인 얼음을 반죽처럼 발효시켜가며,
묽은 진흙탕 위를 간신히 걸어간다.

날카로운 울음소리를 내며 어치가
비어 있는 자작나무 숲을 지나 날아간다.
새는 마치 준비 안 된 건물처럼
텅 빈 채로 높이 치솟는다.

나는 그 새의 비상을 통해서
미래의 삶 전부가 시종일관 보인다.
그 삶은 가장 자잘한 것까지 모든 게
다 실현돼 있고, 이뤄져 있다.

나는 숲속으로 들어가며, 서두를 것이 없다.
해빙과 동결이 반복된 빙판은 여러 겹으로 층져 있다.
마치 새에게 하듯 나에게 메아리가 화답하고,
온 세상이 나에게 길을 내준다.

모래 섞인 맨땅의 지반이 드러나 있고
습기로 부풀어 오른 점토지 한가운데서
작은 새가 간간이 짧게 멈춰가면서
나지막이 지저귀고 있다.

마치 음악상자처럼 그 새를
숲은 몰래 엿듣고,

Подхватывает голос гулко
И долго ждет, чтоб звук исчез.

Тогда я слышу, как верст за пять,
У дальних землемерных вех
Хрустят шаги, с деревьев капит[1]
И шлепается снег со стрех.

Ямб   *1958*

---

1 물방울 떨어지는 소리를 나타내는 의성어 동사로, 아마도 시인이 кап-е-ть 형태로 동사를
만든 것 같다.

그 지저귐을 은은한 메아리로 따라부르면서,
그 소리가 사라져가기를 오래도록 기다린다.

그러자 내게 들려온다, 멀리 십 리쯤 너머
측량용 막대들 근처에서 발걸음들의 뽀드득 소리가,
나무들에서 떨어지는 물방울들의 똑똑 소리가,
목조가옥 차양에서 떨어지는 눈의 툭탁 소리가.

〈K〉

※ 1958년 작. 이 시의 러시아어 제목 "Все сбылось"는 그 자체로 두 가지 의미가 있다. 하나는 '다 이뤄졌다'는 의미, 즉 사건의 일어남이고, 다른 하나는 그 결과의 상태로서 '다 이뤄져 있다'는 의미, 즉 '다 괜찮다'는 절대적 긍정의 의미이다. 여기서는 두 번째 의미가 더 적당해 보인다. 이와 관련해서 특히 뒤에서 소개할 마리나 츠베타예바의 「막달레나 3」에 나오는 같은 표현을 떠올려봐도 좋을 것이다.
이 시는 바로 앞의 두 시와 같은 때에, 이른 봄에 씌었다. 그리고 마찬가지로 서정적 정경 묘사가 자신의 미래를 긍정적으로 바라보는 시인의 사색과 연결되고 있다.

22. Единственные дни

На протяженьи многих зим
Я помню дни солнцеворота,
И каждый был неповторим
И повторялся вновь без счета.

И целая их череда
Составилась мало-помалу —
Тех дней единственных, когда
Нам кажется, что время стало.

Я помню их наперечет:
Зима подходит к середине,
Дороги мокнут, с крыш течет
И солнце греется на льдине.

И любящие, как во сне,
Друг к другу тянутся поспешней,
И на деревьях в вышине
Потеют от тепла скворешни.

И полусонным стрелкам лень
Ворочаться на циферблате,
И дольше века длится день
И не кончается объятье.

Ямб   *1959*

유일한 날들

그 많은 세월에 걸쳐
하짓날과 동짓날들을 나는 기억한다.
그날들 각각은 유일무이했고
또 셀 수 없을 만큼 다시금 반복되곤 했다.

우리에게는 시간이 멈춘 것처럼 보이는
그 유일한 날들은 그러다
차츰차츰 순서대로 모여서
온전한 행렬을 이루었다.

나는 그날들을 일일이 다 기억한다.
겨울이 한가운데로 다가오고,
길들은 질척거리고, 지붕이 새고,
해는 얼음덩이 위에서 따뜻해진다.

또는 사랑하는 이들이 마치 꿈속인냥
서로가 서로에게 더욱 성급하게 끌리고,
나무 위 높은 곳에서는
찌르레기들이 더위에 땀을 흘린다.

반쯤 몽롱한 시곗바늘들은
숫자판 위에서 도는 것이 귀찮고,
하루는 한 세기보다 더 길어지고,
포옹이 끝나지 않는다.

〈K〉

※ 1959년 작. 이 시는 파스테르나크가 남긴 마지막 원고들 가운데 하나이다. 하루마다 태양이 지구를 돈다고 생각하면, 북반구의 경우 한 바퀴 돌고 가장 높은 데 태양이 서 있는 날은 하지로, 가장 낮은 데 서 있는 날은 동지로 볼 수 있다. 그때문에 해마다 이 두 날만은 각각 유일무이하다. 이에 착안해서, 시인은 자신이 살아온 나날들 전체를 함축적으로 정리하고 있다.

23. Зимние праздники

Будущего недостаточно.
Старого, нового мало.
Надо, чтоб елкою святочной
Вечность средь комнаты стала.

Чтобы хозяйка утыкала
Россыпью звезд ее платье,
Чтобы ко всем на каникулы
Съехались сестры и братья.

Сколько цепей ни примеривай,
Как ни возись с туалетом,
Всё еще кажется дерево
Голым и полуодетым.

Вот, трубочиста замаранней,
Взбив свои волосы клубом,
Елка напыжилась барыней
В нескольких юбках раструбом.

Лица становятся каменней,
Дрожь пробегает по свечкам,
Струйки зажженного пламени
Губы сжимают сердечком.

————

Ночь до рассвета просижена.

겨울 축일들

미래는 불충분하다.
옛것도, 새것도 부족하다.
영원함은 방 한가운데에 있는
성탄절 트리가 되어야 한다.

여주인이 드레스에
별들을 가득히 흩뿌리는 것도 필요하고,
누이들과 형제들이 연휴를 보내려
우리 모두를 방문하는 것도 필요하다.

장식용 사슬이 얼마나 필요한지 아무리 맞춰 봐도
아무리 치장을 시켜 봐도
트리는 여전히 헐벗고
제대로 갖춰 입지 않은 것처럼 보인다.

자 봐라, 굴뚝 청소부보다 더 더럽혀진 채로,
자신의 머리를 동글동글 부풀린 채로,
트리는 나팔꽃 모양의 겹치마를 입고
주인마님인 양 젠체하고 있다.

얼굴들은 더욱더 무표정해지고,
촛불들은 잔잔히 떨고 있으며,
작게 오므린 입술들은
타고 있는 불꽃을 호호 분다.

———————

밤은 새벽까지 죽치고 있다.

Весь содрогаясь от храпа,
Дом, точно утлая хижина,
Хлопает дверцею шкапа.

Новые сумерки следуют,
День убавляется в росте.
Завтрак проспавши, обедают
Заночевавшие гости.

Солнце садится, и пьяницей
Издали, с целью прозрачной
Через оконницу тянется
К хлебу и рюмке коньячной.

Вот оно ткнулось, уродина,
В снег образиною пухлой,
Цвета наливки смородинной,
Село, истлело, потухло.

Дактиль[1]   *1959*

---

1 강약약격(дактиль)은 현대에는 아주 드물게 활용되는 운율이다.

집 전체가 코 고는 소리에 흔들리고,
마치 부서질 듯한 오두막같이,
장롱의 문짝 소리에도 쿵쿵댄다.

그리고 또 땅거미가 깔리고,
낮은 길이가 줄어든다.
하룻밤을 보낸 손님들은
아침을 거른 채 이제 막 식사한다.

해가 지고 있으며, 술 취한 여자처럼
멀리서 노골적인 심사로
작은 창문 너머로
빵과 코냑 잔에 손을 뻗는다.

덜떨어진 저 해는
푸석푸석한 낯짝을 눈 속에 파묻고,
까치밥나무 열매 술 빛깔로
완전히 주저앉아 푹 삭아 다 꺼져버렸다.

〈A〉

※ 사후 출판된 『날이 맑아질 때(Когда разгуляется)』에 실린 생애 마지막 시들 중 하나로,
1959년 1월로 날짜가 적힌 타자로 친 원고가 보존되어 있다. 러시아는 성탄절이 1월 7일인 까
닭에 연말 연초에 긴 연휴가 있다. 시의 첫 부분은 겨울의 이 긴 연휴에 집안의 화사하고 들뜬
분위기와 성탄절 정경을 그리고 있으며, 두 번째 부분은 성탄절 밤을 새운 후의 피곤함과 나른
함에 초점을 맞추고 있다. 특히, 활기가 없는 짧은 겨울 해를 시인이 부정적인 태도로 대하고
있는 것이 특이해 보인다.

24. [1]¹ Гамлет

Гул затих. Я вышел на подмостки.
Прислонясь к дверному косяку,
Я ловлю в далеком отголоске
Что случится на моем веку.

На меня наставлен сумрак ночи
Тысячью биноклей на оси.
Если только можно, авва отче,
Чашу эту мимо пронеси.

Я люблю твой замысел упрямый
И играть согласен эту роль.
Но сейчас идет другая драма,
И на этот раз меня уволь.

Но продуман распорядок действий,
И неотвратим конец пути.
Я, один, всё тонет в фарисействе.
Жизнь прожить — не поле перейти.

Хорей   *1946*

---

1 이 숫자는 소설 『의사 쥐바고』의 마지막 부분 "유리 쥐바고의 시들"에 매겨진 번호이다.

[1] 햄릿

웅성거림이 멎었다. 나는 가설무대 위로 올라섰다.
문설주에 기댄 채
머나먼 메아리 속에
나의 생애에서 무엇이 일어날지 포착하려 애쓴다.

밤의 어둠 속에서 천 개의 비노클들이
나를 겨냥한다.
만일 가능하다면, 나의 아버지시여,
이 잔을 거두어 주소서.

저는 당신의 완강한 계획을 받들어서
이 역할을 기꺼이 하고자 합니다.
허나, 지금 진행되는 것은 다른 드라마이니,
이번에는 나를 면해 주소서.

그러나 막과 장의 배치는 이미 결정되어 있고
그 행로의 끝은 돌이킬 수 없다.
나는 혼자이고, 모든 것은 위선에 빠져 있다.
삶을 산다는 것은 들판을 건너가는 것이 아니다.[1]

〈A〉

※ 1946년 작. 소설 『의사 쥐바고』에서 주인공 유리 쥐바고의 목소리로 제시되는 25편의 시 중
첫 번째 작품이지만, 원래 파스테르나크가 셰익스피어의 『햄릿』을 번역한 후에 쓴 작품이다.
그는 햄릿을 자신에게 주어진 운명을 자기 극복으로써 받아들이는 결연한 의지의 인물로 봤다.

━━━━━

1 인생이 순탄한 것만은 아니라는 뜻의 러시아 속담

이러한 생각은 위의 시에 잘 반영되고 있다. 시는 햄릿의 결연한 독백의 형태로 전개되며, 예수의 모습이 햄릿에게 투영되고 있다. 어쩌면 이러한 햄릿이야말로 역사 속에서 역사를 대하는 시인 자신의 모습이기도 하며, 진심으로 삶을 살아가는 우리들 각자의 모습이기도 할 것이다. 파스테르나크가 『의사 쥐바고』를 집필한 시기(1946~1955년)에 쓴 시들 중에서 스스로 가장 잘 됐다고 여기는 것들을 골라서 소설의 마지막 부분인 17부를 마치 "유리 쥐바고의 시들"이라는 제목의 작은 시집처럼 만든다. 그가 이렇게 한 데는 아마 다음과 같은 이유들도 있었을 것이다. 당시에 그는 새로운 시집을 출간할 수 없는 상황이었다……. 또한 그는 마음속에서 유리 쥐바고와 자신을 어느 정도는 동일한 선상에, 요컨대 고된 역사적 상황 속에서 러시아 민중의 심정적 울림과 시인의 시적 울림의 합치라는 동일한 문제틀에 위치시키고 있었는지도 모르겠다…….

25. [2] Март

Солнце греет до седьмого пота,
И бушует, одурев, овраг.
Как у дюжей скотницы работа,
Дело у весны кипит в руках.

Чахнет снег и болен малокровьем
В веточках бессильно синих жил.
Но дымится жизнь в хлеву коровьем,
И здоровьем пышут зубья вил.

Эти ночи, эти дни и ночи!
Дробь капелей к середине дня,
Кровельных сосулек худосочье,
Ручейков бессонных болтовня!

Настежь всё, конюшня и коровник.
Голуби в снегу клюют овес,
И всего живитель и виновник, —
Пахнет свежим воздухом навоз.

Хорей   *1947*

[2] 3월

땀투성이가 되도록 태양이 내리쬐고
골짜기는 생각 없이 울부짖는다.
가축을 치는 튼실한 여자의 일처럼
봄의 일은 손 아래에서 열심이다.

맥없이 창백한 핏줄 같은 잔가지들 속에서
눈(雪)은 쇠약해져서 빈혈을 앓고 있다.
그러나 암소 외양간에서는 삶의 연기가 피어오르고
쇠스랑 꼬챙이들이 건강하게 불타오른다.

이 밤들, 이 낮과 밤들이여!
정오 무렵엔 물방울들이 떨어져 부서지고,
지붕의 고드름은 야위어가며,
잠이 없는 작은 시냇물들은 재잘거린다.

마구간과 외양간이 활짝 열려 있다.
비둘기들이 눈 속에서 귀리를 쪼고,
모든 것에 활기를 불어넣는 주역인
거름에서는 신선한 공기 내음이 난다.

〈A〉

※ 1947년 작. 러시아 대조국 전쟁(1941~1945)이 끝난 후 두 번째 맞이하는 평화로운 봄에 쓰인 시이다. 추위가 지나고 자연이 깨어나는 기쁨의 순간을 활기차고 경쾌한 톤으로 묘사하고 있다. 파스테르나크는 전후 전쟁 없는 삶의 평온함과 자연의 아름다움에 끌리게 되었다. 현실의 삶 주변에 존재하는 자연의 소중함을 알려주며, 생명이야말로 가장 귀중한 것이라는 메시지를 내포하고 있다. 한편, 이 시는 소련 정부의 시에 대한 검열이 심화하던 시기에 쓰여, 처음에는 이 시가 "거름(навоз)"이라는 단어로 인해 출판이 거절된 바 있다. 그러나 오히려 그 "거름"이 생명력을 불어넣는 핵심 원동력으로 작용하고 있다.

26. [3] На Страстной

Еще кругом ночная мгла.
Еще так рано в мире,
Что звездам в небе нет числа,
И каждая, как день, светла,
И если бы земля могла,
Она бы Пасху проспала
Под чтение псалтыри.

Еще кругом ночная мгла:
Такая рань на свете,
Что площадь вечностью легла
От перекрестка до угла,
И до рассвета и тепла
Еще тысячелетье.

Еще земля голым-гола,
И ей ночами не в чем
Раскачивать колокола
И вторить с воли певчим.

И со Страстного четверга
Вплоть до Страстной субботы
Вода буравит берега
И вьет водовороты.

И лес раздет и непокрыт,
И на Страстях Христовых,

[3] 수난주간에

여전히 사방은 암흑의 밤이다.
여전히 세상은 아주 이른 시각이어서
하늘에는 별들이 무수하고,
각각의 별들은 마치 대낮처럼 밝다.
그리고 대지는 만일 할 수만 있다면
부활절 동안 시편의 낭독 속에서
잠들어 있을 것이다.

여전히 사방은 암흑의 밤이다.
여전히 세상은 아주 이른 때여서
광장은 교차로에서 골목 구석까지
마치 영원한 듯 잠들어 있고,
새벽이 와서 따스해질 때까지는
아직 천년이 남아있다.

여전히 대지는 헐벗고 헐벗어서,
종을 여기저기 울리며
성가대의 노래를 멋대로 따라 부르려 해도
밤이 되면 걸칠 옷이 하나도 없다.

수난주간 목요일부터
토요일 바로 직전까지
강물은 기슭을 뚫고
소용돌이를 만든다.

숲은 헐벗고 앙상했으며,
수난절에는

Как строй молящихся, стоит
Толпой стволов сосновых.

А в городе, на небольшом
Пространстве, как на сходке,
Деревья смотрят нагишом
В церковные решетки.

И взгляд их ужасом объят.
Понятна их тревога.
Сады выходят из оград,
Колеблется земли уклад:
Они хоронят бога.

И видят свет у царских врат,
И черный плат, и свечек ряд,
Заплаканные лица —
И вдруг навстречу крестный ход
Выходит с плащаницей,
И две березы у ворот
Должны посторониться.

И шествие обходит двор
По краю тротуара,
И вносит с улицы в притвор
Весну, весенний разговор,
И воздух с привкусом просфор
И вешнего угара.

마치 기도하는 이들의 대열처럼
숲의 소나무들도 무리 지어 서 있다.

도시에서, 크지 않은 장소에서,
마치 집회하듯
나무들이 알몸으로
교회 격자 창문들을 들여다보고 있다.

그들의 시선은 공포에 사로잡혀 있다.
그들의 불안은 당연하다.
정원들이 담장 밖으로 나와 있고,
굳은 지반이 요동치고 있다.
신을 묻어버리고 있는 것이다.

사원의 대문 근처에서 빛이 보이고,
검은 숄과 촛불의 대열과
눈물범벅인 얼굴들이 보인다.
갑자기 맞은편에서 십자가 행렬이
성의(聖衣)를 가지고 밖으로 나온다.
대문 근처에 있는 두 그루의 자작나무는
비켜줘야만 한다.

행진은 인도 끝을 따라
뜰을 돌고
거리로부터 성의 출입문 안으로
봄을, 봄의 대화를
성체의 여운과 봄의 내음을
집어넣는다.

И март разбрасывает снег
На паперти толпе калек,
Как-будто вышел человек,
И вынес, и открыл ковчег,
И всё до нитки роздал.

И пенье длится до зари,
И, нарыдавшись вдосталь,
Доходят тише изнутри
На пустыри под фонари
Псалтырь или апостол.

Но в полночь смолкнут тварь и плоть,
Заслышав слух весенний,
Что только-только распогодь,
Смерть можно будет побороть
Усильем воскресенья.

Ямб   *1946*

3월은 교회 입구에 있는 불구자들 무리에게
눈을 흩뿌린다.
마치 누군가 나와서
함을 밖에 내놓고 열어서
실 한 오라기까지 모두 나눠주었던 것처럼.

노래는 새벽 여명까지 이어지고,
시편이나 사도행전을 읽는 소리가
실컷 지치도록 흐느낀 후에
황야에서 등불 아래
더 조용히 잦아든다.

이제 곧 날이 밝으면
부활의 힘으로
죽음을 극복하리라는
봄의 소문을 새겨듣고,
한밤중에 만물과 인간들은 침묵할 것이다.

〈A〉

※ 1946년 작. 자연이 깨어나는 봄에 자연의 변화와 인간의 영적 변화를 묘사하고 있다. 기
독교 관점에서 수난주간과 부활절을 배경으로 하여 예수의 고난과 부활을 상징적으로 표현한
다. 1946년 전후 복구가 이루어지던 시기에 파스테르나크는 예수의 부활을 통한 인간의 구원
과 희망을 강조한다.

27. [4] Белая ночь

Мне далекое время мерещится,
Дом на Стороне Петербургской.
Дочь степной небогатой помещицы,
Ты — на курсах, ты родом из Курска.

Ты — мила, у тебя есть поклонники.
Этой белою ночью мы оба,
Примостясь на твоем подоконнике,
Смотрим вниз с твоего небоскреба.

Фонари, точно бабочки газовые,
Утро тронуло первою дрожью.
То, что тихо тебе я рассказываю,
Так на спящие дали похоже.

Мы охвачены тою же самою
Оробелою верностью тайне,
Как раскинувшийся панорамою
Петербург за Невою бескрайней.

Там вдали, по дремучим урочищам,
Этой ночью весеннею белой,
Соловьи славословьем грохочущим
Оглашают лесные пределы.

[4] 백야

먼 옛날이 아련히 떠오른다.
페테르부르크 구도심에 있는 집.
스텝¹ 지대의 가난한 여지주의 딸인 너는
여대생이었고 쿠르스크 출신.

너는 사랑스럽고 추종자들이 있다.
백야에 우리 둘은
너의 창문턱에 걸터앉아서
너의 마천루에서 아래를 내려다보고 있다.

가스등 나비 같은 가로등을
아침이 첫 떨림으로 스쳤다.
내가 너에게 조용히 이야기하는 것은
잠들어 있는 저 먼 곳과 흡사 닮았다!

우리는 똑같이 조심스레
비밀에 충실할 마음으로 충만해 있었다.
마치 끝없는 네바강 너머
파노라마처럼 펼쳐져 있는 페테르부르크처럼.

저 멀리서 울창한 숲속에서
봄의 이 백야에
꾀꼬리들은 천둥같이 우렁찬 찬양으로
숲의 경계를 뒤흔든다.

---

1 Steppe. 초원과 달리 짧은 풀들이 자라는 남부 러시아 평야 지대.

Ошалелое щелканье катится,
Голос маленькой птички ледащей
Пробуждает восторг и сумятицу
В глубине очарованной чащи.

В те места босоногою странницей
Пробирается ночь вдоль забора
И за ней с подоконника тянется
След подслушанного разговора.

В отголосках беседы услышанной
По садам, огороженным тесом,
Ветви яблоновые и вишенные
Одеваются цветом белесым.

И деревья, как призраки, белые
Высыпают толпой на дорогу,
Точно знаки прощальные делая
Белой ночи, видавшей так много.

Анапест[1]   *1953*

---

1 전체적으로 약약강격(анапест)을 기반으로 하고 있으나, 2행, 3행, 10행, 22행, 28행, 31
행, 그리고 마지막 행 등에서는 첫음절에도 강세가 올 수도 있다.

미친 듯한 따닥거림이 재빠르게 퍼지고,
앙상하고 조그마한 새들의 목소리가
마법에 걸린 울창한 숲 깊은 곳에서
환희와 혼돈을 불러일으킨다.

울타리를 따라서 밤은
순례하는 맨발의 여인처럼 살그머니 들어가고,
엿들은 대화의 발자취가
창문턱에서 그 뒤를 따라 이어진다.

널빤지로 둘러쳐진 정원들마다
들리는 대화의 메아리 속에서
사과나무와 벚나무 가지들은
희끄무레한 빛깔의 옷을 입고 있다.

그리고 하얀 나무들은 마치 환영처럼
무리 지어 길 위로 쏟아져 나오고 있다.
이토록 많은 것을 목격한 백야에
마치 흡사 작별의 신호를 보내는 듯이.

〈A〉

※ 1953년 작. 파스테르나크가 가장 좋아하는 도시로 꼽았던 상트페테르부르크를 배경으로 가까운 이들과 보냈던 소중한 시간을 회상하고 있다. '유리 쥐바고의 시'의 다른 시들과 달리 소설 『의사 쥐바고』의 사건 및 인물과는 직접적인 연관성을 보이지는 않는다. 그러나 종교적 색채와 자연에 대한 존경심은 다른 작품들과 결을 같이한다.

28. [5] Весенняя распутица

Огни заката догорали.
Распутицей в бору глухом
В далекий хутор на Урале
Тащился человек верхом.

Болтала лошадь селезенкой
И звону шлепавших подков
Дорогой вторила вдогонку
Вода в воронках родников.

Когда же опускал поводья
И шагом ехал верховой,
Прокатывало половодье
Вблизи весь гул и грохот свой.

Смеялся кто-то, плакал кто-то,
Крошились камни о кремни,
И падали в водовороты
С корнями вырванные пни.

А на пожарище заката,
В далекой прочерни ветвей,
Как гулкий колокол набата
Неистовствовал соловей.

Где ива вдовий свой повойник
Клонила, свесивши в овраг,

[5] 봄의 진창길에서

타오르던 석양이 사그라지고 있다.
적막한 침엽수림에서 진창길을 따라
우랄의 멀리 있는 농가로
한 사람이 말을 타고 힘겹게 가고 있다.

말은 힘겹게 비장(脾臟)을 흔들며 울부짖고,
철썩거리는 편자 소리에 맞춰
웅덩이에서 솟아 나오는 샘물이
길을 따라 메아리치고 있다.

말을 탄 사람이 고삐를 늦추고
천천히 가고 있을 때,
가까이에서는 범람한 하천이
요란히 굉음을 내며 휩쓸고 지나간다.

누군가는 웃고, 누군가는 울고,
돌멩이들이 부딪쳐 잘게 부서지고,
뽑힌 그루터기가 뿌리를 드러낸 채
소용돌이 속으로 떨어지고 있었다.

일몰의 거대한 불탄 자리를 배경으로
나뭇가지의 뚫린 구멍 속에서
마치 요란히 울리는 경계의 종처럼
한 마리의 꾀꼬리가 주체할 수 없이 울부짖고 있었다.

버드나무가 골짜기로 몸을 기울인 채
과부의 머릿수건을 늘어뜨린 곳에서

Как древний соловей-разбойник
Свистал он на семи дубах.

Какой беде, какой зазнобе
Предназначался этот пыл?
В кого ружейной крупной дробью
Он по чащобе запустил?

Казалось, вот он выйдет лешим
С привала беглых каторжан
Навстречу конным или пешим
Заставам здешних партизан.

Земля и небо, лес и поле
Ловили этот редкий звук,
Размеренные эти доли
Безумья, боли, счастья, мук.

Ямб   *1953*

그 새는 고대의 꾀꼬리-강도[1]처럼
일곱 그루의 참나무 위에서 거세게 휘파람을 불고 있었다.

이 격정에는 어떠한 비참함이,
어떤 연모가 예정되어 있었을까?
첩첩산중에서 누구를 향해
그 새는 커다란 산탄을 쏘았던 것인가?

도망친 죄수들의 은신처에서
산도깨비[2]처럼 튀어나와
이곳 빨치산의 기병대나 보병대를
맞이할 것 같다.

대지와 하늘, 숲과 들판은
광기와 아픔과 행복과 고통이
어우러진 모습인
이 진귀한 소리를 붙잡고 있다.

〈A〉

※ 1953년 작. 이 시는 눈이 녹는 계절에 인적없는 깊은 숲길을 따라서 말을 타고 집으로 돌아오는 남자가 그 여정에서 만나는 봄날 석양의 숲과 자연의 정경에 대해 느끼는 감정을 표현하고 있다. 이 작품은 소설 『의사 쥐바고』에서 주인공이 봄이 되자 유랴틴에 갔다가 바릐키노의 집으로 돌아오곤 하던 장면과 연결된다.

────

1 슬라브 고대 설화에서 인간의 모습 혹은 반인반조의 모습으로 묘사되는 악당. 숲속에 숨어 살며, 지나가는 여행객들을 휘파람으로 죽이거나 약탈한다.

2 슬라브 신화에 나오는 숲의 정령. 주로 숲에 사는 악동 같은 존재로 때로는 사람들을 속이거나 겁주는 역할로 묘사된다.

29. [6] Объяснение

Жизнь вернулась так же беспричинно
Как когда-то странно прервалась.
Я на той же улице старинной,
Как тогда, в тот летний день и час.

Те же люди, и заботы те же,
И пожар заката не остыл,
Как его тогда к стене Манежа
Вечер смерти наспех пригвоздил.

Женщины в дешевом затрапезе
Так же ночью топчут башмаки.
Их потом на кровельном железе
Так же распинают чердаки.

Вот одна походкою усталой
Медленно выходит на порог
И, поднявшись из полуподвала,
Переходит двор наискосок.

Я опять готовлю отговорки,
И опять всё безразлично мне.
И соседка, обогнув задворки,
Оставляет нас наедине.

———

[6] 해명

삶은 언젠가 이상하게 멈췄듯이
그렇게 까닭 없이 돌아왔다.
그때, 그 여름날 그 시각처럼
나는 예전의 그 길에 있다.

같은 사람들, 같은 근심들,
그리고 불타는 석양은 식지 않았다.
마치 죽음의 저녁이 서둘러서
예전 마네쥬[1] 건물의 벽에 못 박아 놓은 것같이.

값싼 옷을 입은 여인들이
그때처럼 밤에 반장화가 닳도록 돌아다닌다.
그리고 나서 여인들은 양철 지붕 위 다락방에서
그때처럼 대자로 드러눕는다.

자, 여기 한 여인이 피곤한 걸음걸이로
천천히 문 입구로 나와,
그리고 반지하에서 올라와서
비스듬히 마당을 지나간다.

나는 또다시 구실거리를 마련한다.
그리고 여전히 어떻든 나는 상관없다.
이웃 여자가 뒤뜰로 돌아가면서
우리를 단둘이 남겨 놓는다.

———————

1 모스크바 크렘린 앞에 있는, 1812년 조국 전쟁의 승리를 기념하기 위해서 세워진 기념비적인 건축물.

Не плачь, не морщь опухших губ,
Не собирай их в складки.
Разбередишь присохший струп
Весенней лихорадки.

Сними ладонь с моей груди,
Мы провода под током.
Друг к другу вновь того гляди,
Нас бросит ненароком,

Пройдут года, ты вступишь в брак,
Забудешь неустройства.
Быть женщиной — великий шаг,
Сводить с ума — геройство.

А я пред чудом женских рук,
Спины, и плеч, и шеи
И так с привязанностью слуг
Весь век благоговею.

Но как ни сковывает ночь
Меня кольцом тоскливым,
Сильней на свете тяга прочь
И манит страсть к разрывам.

Хорей-Ямб[1]   *1947*

울지 마라, 푸석한 입술을 오므리지 마라.
입술에 주름 짓지 마라.
봄의 열병에 말라붙은 상처 딱지가
다시 덧나게 될 것이다.

내 가슴에서 손바닥을 치워라.
우리는 전류가 흐르는 전선이야.
자칫하면 다시 우리는 아무 생각 없이
서로가 서로에게 달려들지도 몰라.

세월이 흐르면 너는 결혼할 거야.
그리고 혼돈의 세월을 잊어버리겠지.
여자가 되는 건 위대한 걸음이고,
누군가를 미치게 한다는 것은 영웅적 행위이지.

너의 손, 등, 어깨, 뺨,
그 기적 앞에서
하인의 애착처럼 그렇게
한평생 경건함을 표한다.

그러나 아무리 이 밤이,
이 애처로운 고리로 나를 묶어 놓을지라도,
떨어지려는 힘이 이 세상 무엇보다 강하여
결별을 향한 열망이 손짓한다.

〈A〉

※ 1947년 작. 과거의 사랑과의 우연한 만남으로 인한 격한 감정 동요를 표현하고 있다. 파스
테르나크의 이 「해명」은 자전적 시로 자신의 뮤즈였던 올가 이빈스카야에게 헌정한 작품이다.

30. [7] Лето в городе

Разговоры вполголоса
И с поспешностью пылкой
Кверху собраны волосы
Всей копною с затылка.

Из-под гребня тяжелого
Смотрит женщина в шлеме,
Запрокинувши голову
Вместе с косами всеми.

А на улице жаркая
Ночь сулит непогоду,
И расходятся, шаркая,
По домам пешеходы.

Гром отрывистый слышится,
Отдающийся резко,
И от ветра колышится
На окне занавеска.

Наступает безмолвие,
Но попрежнему парит.
И попрежнему молнии
В небе шарят и шарят.

А когда светозарное
Утро знойное снова

[7] 도시의 여름

여인은 소곤소곤 대화하면서,
격하게 서둘러
머리카락을 목덜미에서 들어 올려
하나로 묶었다.

투구 같은 모자를 쓴 여인은
무거운 빗을 머리 위로 올리고
땋은 머리와 함께 머리를 뒤로 젖힌 채
창밖을 쳐다봤다.

거리에는 무더운 밤이
궂은 날씨를 예고하고 있고,
행인들은 타박타박 걸어서
각자 집으로 흩어지고 있다.

뇌우가 단속적으로 들리고
날카롭게 울리며,
유리창의 커튼은
바람에 요동치고 있다.

고요함이 찾아왔지만
이전처럼 푹푹 찌고
이전처럼 번개가
하늘에서 여기저기를 더듬는다.

찬란하지만
무더운 아침이

Сушит лужи бульварные
После ливня ночного,

Смотрят хмуро по случаю
Своего недосыпа
Вековые, пахучие,
Неотцветшие липы.

Анапест[1]   *1953*

간밤에 쏟아진 폭우에 젖은
큰길의 물웅덩이들을 다시금 말리고 있을 때

꽃이 다 지지 않은 오래된 보리수들이
한결같이 강한 향기를 내뿜으면서
제대로 못 잔 탓에
찌푸린 채로 쳐다보고 있다.

〈A〉

※ 1953년 작. 도시 안에서 여름을 보내면서 인간의 마음처럼 끊임없는 변화가 일어나는 자연과 풍경을 묘사하고 있다. 도시의 여름 풍경의 드라마틱한 변화에 인간 삶의 모습이 자연스럽게 투영되고 있다.

31. [8] Ветер

Я кончился, а ты жива.
И ветер, жалуясь и плача,
Раскачивает лес и дачу.
Не каждую сосну отдельно,
А полностью все дерева
Со всею далью беспредельной,
Как парусников кузова
На глади бухты корабельной.
И это не из удальства
Или из ярости бесцельной,
А чтоб в тоске найти слова
Тебе для песни колыбельной.

Ямб   *1953*

[8] 바람

나는 죽었지만 너는 살아 있다.
한탄하고 울부짖으며 바람은
숲과 별장을 이리저리 세차게 흔든다.
소나무 하나하나를 따로 흔드는 것이 아니라,
한없이 저 먼 곳까지
모든 나무들 전부를,
배 대는 작은 만 위에 정박한
범선들의 선체를 흔들듯,
그렇게 흔들고 있다.
그래, 바람이 이러는 건 만용 때문에도,
대상 없는 광분 때문에도 아니라,
우수에 찬 너에게 불러 줄
자장가를 위한 말들을 찾기 위해서이다.

⟨A⟩

※ 1953년 작. 화자가 마음으로 예감하는 죽음을 바람에 빗대어 표현하고 있다. 화자의 내면적 혼란이 거센 바람으로 표현되지만, 결코 분노를 보이지는 않는다. 차분하고 조용한 톤으로 자신의 인생이 마지막을 향하고 있는 느낌을 준다.

32. [9] Хмель

Под ракитой, обвитой плющом,
От ненастья мы ищем защиты.
Наши плечи покрыты плащем,
Вкруг тебя мои руки обвиты.

Я ошибся. Кусты этих чащ
Не плющом перевиты, а хмелем.
Ну так лучше давай этот плащ
В ширину под собою расстелем.

Анапест   *1953*

[9] 취기[1]

담쟁이가 휘감은 버드나무 아래서
우리는 궂은 날씨로부터 피난처를 찾고 있다.
우리 양어깨에는 비옷이 덮여 있고,
내 두 팔은 너를 껴안고 있다.

이런, 내가 잘못 봤다. 이 숲의 관목들을 휘감은 것은
담쟁이가 아니라 홉이구나.
자, 그럼, 이 비옷을
우리 밑에 넓게 펼치는 게 좋겠다.

〈A〉

※ 1953년 작. 여름 숲에서 뇌우가 사랑하는 두 영혼을 연결하는 고리 역할을 하고 있다. 사랑의 감정을 숨기지 않고 적극적으로 표현하는 모습이 보인다. 파스테르나크가 자신의 연인 중한 사람에게 헌정하였다고 알려져 있고, 소설 『의사 쥐바고』와 관련해서는 라라 혹은 토냐에게 바치는 시가 될 수도 있을 것이다.

---

1 хмель은 '취기'를 뜻하기도 하고 본문에 나오는 식물 '홉'을 뜻하기도 한다.

33. [10] Бабье лето

Лист смородины груб и матерчат.
В доме хохот и стекла звенят,
В нем шинкуют, и квасят, и перчат,
И гвоздики кладут в маринад.

Лес забрасывает, как насмешник,
Этот шум на обрывистый склон,
Где сгоревший на солнце орешник,
Словно жаром костра опален.

Здесь дорога спускается в балку,
Здесь и высохших старых коряг,
И лоскутницы осени жалко,
Всё сметающей в этот овраг.

И того, что вселенная проще,
Чем иной полагает хитрец,
Что как в воду опущена роща,
Что приходит всему свой конец.

Что глазами бессмысленно хлопать,
Когда всё пред тобой сожжено,
И осенняя белая копоть
Паутиною тянет в окно.

Ход из сада в заборе проломан
И теряется в березняке.

[10] 가을 늦더위

까치밥나무 잎은 거칠고 성긴 천 같다.
집 안은 커다란 웃음소리에 유리창들이 쨍그랑 울린다.
집 안에서는 도마질하고, 초절임하고, 후추를 뿌리고,
정향을 향신료 속에 집어넣는다.

숲은 마치 비웃듯이
그 소리를 가파른 비탈로 던지고,
그곳엔 햇볕에 다 타버린 개암나무가
마치 모닥불에 그을린 듯 서 있다.

여기서 길은 골짜기로 내려가고,
여기서 애석한 것은 다 말라버린 늙은 그루터기들,
또한 모든 것을 골짜기로 쓸어버리는,
넝마장수 여인 같은 가을.

또한 어떤 교활한 자가 생각하는 것보다도
세상은 더 단순하다는 것,
작은 활엽수림이 물속에 빠져 있다는 것,
모든 것에 그 끝이 있다는 것.

네 앞에서 모든 것이 다 타버렸고,
가을의 하얀 그을음이
거미줄처럼 창문에 서릴 때,
멍하니 두 눈만 껌벅거려야 하는 것.

정원으로부터 나온 통로는 담장을 꿰뚫고
자작나무 숲에서 사라져 버린다.

В доме смех и хозяйственный гомон,

Тот же гомон и смех вдалеке.

Анапест[1]   1947

1 1행, 2행, 5행, 21행, 23행, 24행은 첫음절에도 강세가 올 수 있다.

집 안에서는 웃음소리와 살림의 시끄러움이 울리고,
그 시끄러움과 웃음소리는 멀리 퍼져나간다.

〈A〉

※ 1947년 작. 이 시는 가을 늦더위 속에서 활기차고 행복해 보이는 집안의 일상을 이야기하
면서도, 다른 한편으로는 그 속에 마냥 매몰돼 있지 않은 시인의 어떤 묘한 우수의 감정도 토
로하고 있다. 그것은 여름이 지나간 후 모든 것을 시들게 하는 가을의 모습 때문이기도 하며,
세상의 이치와 그 어긋남 때문이기도 하며, 계절의 바뀌는 모습과 흐르는 세월을 그저 바라봐
야만 하기 때문인지도 모른다……. 그래서인지 형형색색의 가을을 넝마장수 여인으로 바라보
는 시인의 애석한 심정은 있지만, 그래도 시는 다시금 가을 늦더위 속에서 집안의 유쾌한 일상
을 바라보는 것으로 끝을 맺는다.

34. [11] Свадьба

Пересекши край двора,
Гости на гулянку
В дом невесты до утра
Перешли с тальянкой.

За хозяйскими дверьми
В войлочной обивке
Стихли с часу до семи
Болтовни обрывки.

А зарею, в самый сон,
Только спать и спать бы,
Вновь запел акордеон,
Уходя со свадьбы.

И рассыпал гармонист
Снова на баяне
Плеск ладоней, блеск монист,
Шум и гам гулянья.

И опять, опять, опять
Говорок частушки
Прямо к спящим на кровать
Ворвался с пирушки.

А одна, как снег, бела,
В шуме, свисте, гаме

[11] 결혼식

연회에 온 손님들은
마당 끝을 지나서,
아침 전에 신부의 집으로 갔다,
손풍금을 가지고서.

펠트 천으로 장식한
주인집 문 안에서는
1시부터 7시까지
잡담 소리들도 없었다.

동틀 무렵, 잠에 푹 빠진 채로
조금만 더 잤으면, 더 잤으면 할 때
아코디언이 연회장을 떠나면서
다시금 노래하기 시작했다.

악사는 다시금
손풍금을 연주하며
손뼉을 치고 목걸이를 반짝거리며,
잔치의 왁자지껄함을 사방으로 퍼트린다.

그리고 또다시, 또다시, 또다시
속요 가락 소리가 연회장으로부터
자고 있는 이들의 침상으로
곧장 쳐들어간다.

눈처럼 하얀 처녀가
소음과 휘파람과 왁자지껄 속에

Снова павой поплыла,
Поводя боками,

Помавая головой
И рукою правой,
В плясовой по мостовой,
Павой, павой, павой.

Вдруг задор и шум игры,
Топот хоровода,
Провалясь в тартарары,
Канули, как в воду.

Просыпался шумный двор.
Деловое эхо
Вмешивалось в разговор
И раскаты смеха.

В необъятность неба, ввысь
Вихрем сизых пятен
Стаей голуби неслись,
Снявшись с голубятен.

Точно их за свадьбой вслед,
Спохватясь спросонья,
С пожеланьем многих лет
Выслали в погоню.

Жизнь ведь тоже только миг,

허리를 살랑살랑 흔들며
공작새처럼 유유히 다시 지나간다.

그녀는 머리를 흔들며,
오른손을 흔들며,
포도(鋪道) 위에서 춤추며 간다,
공작새, 공작새, 공작새처럼.

갑자기 놀이와 원무의 발 구름이
격렬하고 소란스럽다가,
마치 땅 밑으로 떨어지듯이
물속으로 잠기듯이 자취를 감춰버린다.

소란스러운 뜰이 깨어난다.
집안일 소리가
잡담과 까르륵 웃음소리들 속에
섞여 있다.

하늘의 무한함 속으로, 위로,
회청색 점들의 회오리 모습으로,
비둘기들이 떼지어서
새장을 떠나 날아오른다.

마치 그 새들은 사람들이
잠에 취했다가 불현듯 깨어나서,
오랜 세월 함께하라는 축복과 더불어
결혼식 뒤에 곧바로 따라 보내는 것 같다.

삶이란 결국 순간일 뿐.

Только растворенье
Нас самих во всех других
Как бы им в даренье.

Только свадьба, вглубь окон[1]
Рвущаяся снизу,
Только песня, только сон,
Только голубь сизый.

Хорей 1953

---

1 통상 표준어에서 окон의 강세는 첫음절에 있지만, 여기서는 각운에 맞춰서 두 번째 음절
에 있다.

다른 모든 이들 사이에서
마치 그들에게 선사하듯이
우리 자신을 녹여 내는 것일 뿐.

오직 결혼식일 뿐, 저 아래에서
창문 속을 보려 애쓰는 것은,
오직 노래일 뿐, 오직 꿈일 뿐,
오직 회청색 비둘기일 뿐.

〈A〉

※ 1953년 작. 결혼식의 즐거움과 떠들썩함을 보여주고 있다. 이 시는 결혼식이라는 일상 속 사건을 쾌활한 어조로 묘사하면서, 우리 삶의 의미가 결국 어디에 있는지, 또 결혼식의 의미가 무엇인가를 단숨에 짚어내고 있다.

35. [12] Осень

Я дал разъехаться домашним,
Все близкие давно в разброде,
И одиночеством всегдашним
Полно всё в сердце и природе.

И вот я здесь с тобой в сторожке,
В лесу безлюдно и пустынно.
Как в песне, стежки и дорожки
Позаросли наполовину.

Теперь на нас одних с печалью
Глядят бревенчатые стены.
Мы брать преград не обещали,
Мы будем гибнуть откровенно.

Мы сядем в час и встанем в третьем,
Я с книгою, ты с вышиваньем,
И на рассвете не заметим,
Как целоваться перестанем.

Еще пышней и бесшабашней
Шумите, осыпайтесь, листья,
И чашу горечи вчерашней
Сегодняшней тоской превысьте.

Привязанность, влеченье, прелесть!
Рассемся в сентябрьском шуме!

[12] 가을

식구들을 차례로 다 떠나보냈다.
가까운 이들은 모두 오래전에 흩어져서 없다.
하여 마음도 자연도 온통
한결같은 고독으로 가득 차 있다.

자, 나는 여기 산지기의 오두막에 너와 함께 있으며,
숲속은 인적도 없고 적막하다.
마치 노래에서처럼, 오솔길과 샛길들이
반쯤은 풀에 덮여 있다.

이제 우리 둘만을 슬픈 표정으로
통나무 벽들이 바라보고 있다.
우리는 장애를 극복하기로 약속하지 않았고,
우리는 드러내놓고 파멸할 것이다.

우리는 1시에 앉고 3시에 일어날 것이고,
나는 책과, 너는 수틀과 함께할 것이며,
새벽에도 우리는 정신없이 몰두한 채로
포옹을 멈추지 않을 것이다.

나뭇잎들이여, 더욱 풍성하게, 그리고 사정없이
소리 내며 흩어져 떨어져라.
하여 어제의 쓴 잔을
오늘의 우수로 넘치게 하라.

애착, 끌림, 매력이여!
9월의 소리 속에서 뿔뿔이 흩어지자!

Заройся вся в осенний шелест!
Замри или ополоумей!

Ты так же сбрасываешь платье,
Как роща сбрасывает листья,
Когда ты падаешь в объятье
В халате с шелковою кистью.

Ты — благо гибельного шага,
Когда житье тошней недуга,
А корень красоты — отвага,
И это тянет нас друг к другу.

Ямб   *1949*

가을의 바스락거림 속에 온통 파묻혀라!
넋을 잃거나 미쳐 버려라!

숲이 잎새들을 벗어던지듯이
너는 그렇게 드레스를 벗어 던지고,
비단술이 달린 잠옷을 걸친 채
포옹 속에 빠져든다.

산다는 것이 질병보다 역겨울 때
너는 파멸로 내딛는 걸음의 축복.
아름다움의 근원은 과감함,
이것이 우리를 서로를 향해 이끄네.

〈A〉

※ 1949년 작. 이 해에 파스테르나크의 뮤즈였던 올가 이빈스카야가 체포되어 수용소로 보내
졌고, 이 때문에 파스테르나크는 힘든 시기를 보냈다. 이 시기의 정신적 괴로움이 역설적으로
이러한 시를 쓰게 만들었을까? 어려운 시절 가을날의 처연한 고독 속에서 과감하게 외딴 숲 오
두막으로 도피해서 살아가는 절망적인 사랑의 모습은 황홀하고 아릅답다!

36. [13] Сказка

Встарь, во время оно,
В сказочном краю
Пробирался конный
Степью по репью.

Он спешил на сечу,
А в степной пыли
Темный лес навстречу
Вырастал вдали.

Ныло ретивое,
На сердце скребло:
Бойся водопоя,
Подтяни седло.

Не послушал конный
И во весь опор
Залетел с разгону
На лесной бугор.

Повернул с кургана,
Въехал в суходол,
Миновал поляну,
Гору перешел.

И забрел в ложбину
И лесной тропой

[13] 동화

옛날 옛적, 그 시절에,
동화 같은 나라에서
기사 하나가 우엉 덤불을 헤치며 스텝을
힘겹게 지나가고 있었다.

그는 서둘러서 전쟁터로 가고 있었으며,
스텝의 먼지 속에서
멀리 맞은편에서 어두운 숲이
점점 커다랗게 모습을 드러냈다.

가슴이 아팠고,
마음이 조마조마했다.
물웅덩이를 피하고,
안장을 더 조여라.

기사는 귀담아듣지 않고,
전속력으로
질주해서
숲 언덕 위로 날아갔다.

구릉을 돌아서
메마른 골짜기로 들어섰다.
숲속 공터를 지나서
산을 지나쳤다.

험준한 길로 잘못 들어섰으며,
숲의 오솔길을 따라

Вышел на звериный
След и водопой.

И глухой к призыву
И не вняв чутью,
Свел коня с обрыва
Попоить к ручью.

———————

У ручья пещера,
Пред пещерой — брод.
Как бы пламя серы
Озаряло вход.

И в дыму багровом,
Застилавшем взор,
Отдаленным зовом
Огласился бор.

И тогда оврагом,
Вздрогнув, напрямик
Тронул конный шагом
На призывный крик.

И увидел конный,
И приник к копью,
Голову дракона,
Хвост и чешую.

짐승의 자취가 있는
물웅덩이로 나왔다.

부르는 소리를 듣지 않고
낌새에 아랑곳하지 않고
말을 절벽으로부터 이끌고 내려와
개울에서 물을 마시게 했다.

————

개울가에는 동굴이 있었고,
동굴 앞에는 여울이 있었다.
마치 유황불이
동굴 입구를 밝혀주는 것 같았다.

짙은 적자색 연기가
시야를 가리고
멀리서 부르는 외침이
숲에 울려 퍼졌다.

그때 기사는 갑자기 몸을 떨더니
계곡을 따라 곧장
간절한 비명 소리가 난 곳을 향해
천천히 출발했다.

용의 머리와
꼬리와 비늘을 보고서,
기사는 창을
꽉 쥐었다.

Пламенем из зева
Рассевал он свет,
В три кольца вкруг девы
Обмотав хребет.

Туловище змея[1],
Как концом бича,
Поводило шеей
У ее плеча.

Той страны обычай
Пленницу-красу
Отдавал в добычу
Чудищу в лесу.

Края населенье
Хижины свои
Выкупало пеней
Этой от змеи.

Змей обвил ей руку
И оплел гортань,
Получив на муку
В жертву эту дань.

------

1 змей는 일상어로는 흔히 '뱀(serpent)'을 뜻하지만, 신화나 전설에서 '뱀의 몸뚱이를 한 용 (dragon) 같은 괴물'이나 '악(惡)을 상징하는 괴수'로 해석된다. 이 장면은 성(聖) 게오르기우 스(Георгий Победоносец)가 용을 물리치는 고전적 모티프와 연결된다.

용은 입에서 여기저기로
불을 뿜어대고 있었으며,
처녀의 몸통을 세 겹으로 동그랗게
휘감고 있었다.

용의 몸뚱어리는
채찍의 끝처럼
그녀의 어깨를
목을 감고 있었다.

포로로 잡힌 미녀를
숲속의 괴물에게
제물로 바치는 것이
그 나라의 관습이었다.

그 나라의 주민들은
이러한 대가를 치르며
자신의 오막살이를
용으로부터 건사해왔다.

용은 그녀의 팔을 칭칭 감고
목을 휘감았다.
제물로 받은 이 희생양을
고통을 주려 했다.

Посмотрел с мольбою
Всадник в высь небес
И копье для боя
Взял наперевес.

———————

Сомкнутые веки.
Выси. Облака.
Воды. Броды. Реки.
Годы и века.

Конный в шлеме сбитом,
Сшибленный в бою.
Верный конь, копытом
Топчущий змею.

Конь и труп дракона
Рядом на песке.
В обмороке конный,
Дева в столбняке.

Светел свод полдневный.
Синева нежна.
Кто она? Царевна?
Дочь земли? Княжна?

То, в избытке счастья
Слезы в три ручья,

기사는 기도하며
하늘 높은 곳을 바라보았으며,
대결을 위해
창을 고쳐 들었다.

———————

감긴 눈꺼풀.
저 높은 곳. 구름.
호수. 여울. 강물들.
한 해, 두 해, 유구한 세월들.

기사는 투구가 부서진 채로
대결에서 맞아 쓰러져 있다.
충실한 말은 말굽으로
용을 짓밟고 있다.

말과 용의 사체가
모래밭에 나란히 누워 있다.
기사는 의식을 잃고 있고,
처녀는 망연자실해 있다.

한낮의 창공은 빛나고
하늘의 푸르름은 부드럽다.
그녀는 누구인가? 공주인가?
대지의 딸인가? 대공의 딸인가?

때론 행복에 겨워서
눈물은 세 갈래 개울이 되고,

То душа во власти
Сна и забытья.

То возврат здоровья,
То недвижность жил
От потери крови
И упадка сил.

Но сердца их бьются.
То она, то он
Силятся очнуться
И впадают в сон.

Сомкнутые веки.
Выси. Облака.
Воды. Броды. Реки.
Годы и века.

Хорей   *1953*

때론 영혼은 잠과 인사불성에
빠져든다.

때론 건강이 회복하기도 하고,
때론 심한 출혈에
기진맥진하여
맥이 멈추기도 한다.

그러나 그들의 심장은 뛰고 있다.
때론 그녀가, 때론 그가
정신을 차리려 애쓰기도 하고
잠에 빠지기도 한다.

감긴 눈꺼풀.
저 높은 곳. 구름.
호수. 여울. 강물들.
한 해, 두 해, 유구한 세월들.

〈A〉

※ 1953년 작. 이 시는 옛이야기 투의 어조로 아이들에게 낭독해주면 좋을 것 같다. 동화에
흔히 등장하는, 위험에 처한 가여운 여성 구하기를 모티브로 하고 있다. 이 동화 시에서는 성
급함과 용감함, 희생적인 영웅주의, 구출된 처녀와 용사의 사랑이라는 행복한 결말의 이야기
가 선형적 구성에 따라 전개되고 있다. 민속적 요소들을 시적 텍스트 속에 잘 녹여 낸 작품이
다. 특히 시의 세 번째 부분의 첫 연이 마지막 연으로 반복되는 구성은 이러한 동화적 모티브
가 유구한 세월 속에서 자연의 한결같음과 더불어 우리들 마음에 신화적 원형으로 자리 잡고
있음을 암시한다.

37. [14] Август

Как обещало, не обманывая,
Проникло солнце утром рано
Косою полосой шафрановою
От занавеси до дивана.

Оно покрыло жаркой охрою
Соседний лес, дома поселка,
Мою постель, подушку мокрую
И край стены за книжной полкой.

Я вспомнил, по какому поводу
Слегка увлажнена подушка.
Мне снилось, что ко мне на проводы
Шли по лесу вы друг за дружкой.

Вы шли толпою, врозь и парами,
Вдруг кто-то вспомнил, что сегодня
Шестое августа по старому,
Преображение Господне.

Обыкновенно свет без пламени
Исходит в этот день с Фавора,
И осень, ясная, как знаменье,
К себе приковывает взоры.

[14] 8월

마치 약속한 듯 어김없이
태양은 아침 일찍
샤프란빛의 빗살무늬로
커튼에서 소파까지 스며든다.

인접한 숲과 교외 마을의 집들을,
내 침대를, 젖은 베개를,
책장 너머 벽 모퉁이를
뜨거운 황토색 열기를 품은 햇볕이 덮고 있다.

어쩌다 베개가 살짝 젖게 되었는지
기억해냈다.
나는 꿈을 꿨다. 당신들은 연이어
숲을 지나 내 장례식에 오고 있었다.

당신들은 무리 지어, 따로따로, 짝지어 오고 있었으며,
갑자기 누군가가
오늘이 구력으로 8월 6일 현성용 축일임을
기억해냈다.

이날은 통상 빛이 불꽃 없이
타보르산¹에서 내려오고,
가을은 마치 계시처럼 명료해서
사람들의 시선을 붙박아 둔다.

---

1 예수가 변용하여 신성한 빛을 발했던 곳.

И вы прошли сквозь мелкий, нищенский,
Нагой, трепещущий ольшаник
В имбирно-красный лес кладбищенский,
Горевший, как печатный пряник.

С притихшими его вершинами
Соседствовало небо важно,
И голосами петушиными
Перекликалась даль протяжно.

В лесу казенной землемершею
Стояла смерть среди погоста,
Смотря в лицо мое умершее,
Чтоб вырыть яму мне по росту.

Был всеми ощутим физически
Спокойный голос чей-то рядом.
То прежний голос мой провидческий
Звучал, нетронутый распадом:

«Прощай, лазурь преображенская
И золото второго Спаса.
Смягчи последней лаской женскою
Мне горечь рокового часа.

Прощайте, годы безвременщины.
Простимся, бездне унижений
Бросающая вызов женщина!

그리고 당신들은 조그맣고 보잘것없고
헐벗고 흔들리는 오리나무 숲을 지나,
마치 갓 구워낸 당밀 과자처럼 뜨거운,
붉기가 생강 같은 묘지 숲으로 갔다.

고요해진 숲의 꼭대기와
하늘은 근엄하게 맞닿아 있고,
저 먼 곳에서 수탉의 울음소리가
연달아서 천천히 울려 퍼진다.

숲속에는 관청 측량기사의 아내처럼
마을 묘지 한가운데 죽음이 서 있고,
내 키에 맞는 구덩이를 파기 위해
죽은 나의 얼굴을 응시하고 있다.

가까이 있는 누군가의 조용한 목소리를
모두들 실제로 감지할 수 있었다.
그것은 파멸로 인해 손상되지 않은
나의 예전의 예언적 목소리였다.

"안녕, 현성용 축일의 푸르른 하늘이여,
두 번째 구세주 축일의 황금빛이여,
여인의 마지막 애무로
운명의 시간의 비통함을 덜어 달라.

안녕, 불우한 세월들이여!
헤어지자, 모욕의 심연에
도전장을 던지는 여인이여!

Я — поле твоего сраженья.

Прощай, размах крыла расправленный,
Полета вольное упорство,
И образ мира, в слове явленный,
И творчество, и чудотворство».

Ямб   *1953*

나는 너의 싸움터이다.¹

안녕, 퍼덕거리는 활짝 편 날개여,
비상하는 자유로운 불굴의 의지여,
말로 나타낸 세계의 형상이여,
창조여, 기적의 행함이어."

〈A〉

※ 1953년 작. 화자는 꿈속에서 자신을 예수에 빗대고 있다. 예수의 현성용 축일에 자신의 장
례식을 꿈에서 보면서 본인이 남긴 예언적 목소리의 부활과 영원함을 비유적으로 표현하고 있
다. 이 시에 파스테르나크는 자신이 1952년에 심장마비를 겪으며 죽음에 가까워졌던 느낌을
투영하고 있다. 죽음에 직면했었던 파스테르나크는 다시는 비판이나 박해를 두려워하지 않고
종교적 주제를 더욱 대담하게 작품에 도입하게 된다.

---

1 특이하게 파스테르나크는 남녀 간의 사랑을 일종의 대결로 간주했다. 사실 이러한 생각은 남
녀를 떠나서 연인 일반의 관계에도 적용될 수 있다. 가령, 토마스 만의 「토니오 크뢰거(Tonio
Kröger)」에서 주인공 토니오가 한스를 사랑하면서 깨닫게 되는 것은 "더 많이 사랑하는 자가
패배자이며 고통받을 수밖에 없다(Wer am meisten liebt, ist der Unterlegene und muß
leiden.)"라는 교훈이다. 또한 사르트르가 『존재와 무(L'être et le néant)』에서 사랑이란 스스
로 자신의 자유를 상대방의 자유에 동화, 종속시키는 것이라고 규정할 때, 사랑은 원칙적으로
불가능한 것이 된다. 사랑에 빠진 나는 더는 자유로운 내가 아니기 때문이다……

38. [15] Зимняя ночь

Мело, мело по всей земле
Во все пределы.
Свеча горела на столе,
Свеча горела.

Как летом роем мошкара
Летит на пламя,
Слетались хлопья со двора
К оконной раме.

Метель лепила на стекле
Кружки и стрелы.
Свеча горела на столе,
Свеча горела.

На озаренный потолок
Ложились тени,
Скрещенья рук, скрещенья ног,
Судьбы скрещенья.

И падали два башмачка
Со стуком на пол.
И воск слезами с ночника
На платье капал.

И всё терялось в снежной мгле
Седой и белой.

[15] 겨울밤

온 대지 위를 눈보라가 쓸어버린다,
모든 경계 끝으로 쓸어버린다.
식탁 위에서 촛불이 타오른다,
촛불이 타오른다.

마치 여름에 등에가 떼지어
불길로 날아들듯
눈송이들이 뜰로부터
창문틀로 날아든다.

눈보라가 유리창에
동그라미나 화살 모양들을 만들어 붙인다.
식탁 위에서 촛불이 타오른다,
촛불이 타오른다.

불빛이 비친 바닥 위에
그림자들이 놓인다.
팔들의 엉킴도, 다리들의 엉킴도,
운명의 엉킴도.

반장화 두 짝이 쿵 소리를 내며
바닥에 떨어진다.
침대맡 등잔에서 촛농이
드레스 위로 눈물방울들로 떨어진다.

모든 것은 흰회색의 짙은 눈안개 속에서
사라져 버린다.

Свеча горела на столе,
Свеча горела.

На свечку дуло из угла,
И жар соблазна
Вздымал, как ангел, два крыла
Крестообразно.

Мело весь месяц в феврале,
И то и дело
Свеча горела на столе,
Свеча горела.

Ямб   *1946*

식탁 위에서 촛불이 타오른다,
촛불이 타오른다.

방구석에서 촛불로 바람이 불고,
유혹의 열기가
마치 천사처럼 십자 형상으로
양 날개를 펼쳐 올린다.

2월 한 달 내내 눈보라가
끊임없이 그렇게 쓸어버린다.
식탁 위에서 촛불이 타오른다,
촛불이 타오른다.

〈A〉

※ 1946년 12월 작. 내용상으로 이 시는 앞의 열두 번째 시 「가을」과 맥을 같이 한다. 만일 강한 눈보라가 가혹한 세상과 삶의 역경을 나타낸다면, 이에 아랑곳하지 않고 집 안에서 타오르는 촛불과 두 사람의 사랑은 삶의 본연적인 모습을 처연하게 보여준다. 아마도 이 시는 시인의 뮤즈인 올가 이빈스카야와 관련된 배경이 있을지도 모르겠다. 마치 주문처럼 반복되는 표현과 리듬은 혹한의 겨울밤을 이겨내는 사랑의 격렬한 열정을 말해주는 것도 같다.

39. [16] Разлука

С порога смотрит человек,
Не узнавая дома.
Ее отъезд был как побег.
Везде следы разгрома.

Повсюду в комнате хаос.
Он меры разоренья
Не замечает из-за слез
И приступа мигрени.

В ушах с утра какой-то шум.
Он в памяти иль грезит?
И почему ему на ум
Всё мысль о море лезет?

Когда сквозь иней на окне
Не видно света божья,
Безвыходность тоски вдвойне
С пустыней моря схожа.

Она была так дорога
Ему чертой любою,
Как морю близки берега
Всей линией прибоя.

Как затопляет камыши
Волненье после шторма,

[16] 석별

문지방에서 한 남자가 쳐다본다,
자기 집인지도 모른 채로.
그녀의 떠남은 마치 도망 같았다.
온통 야단법석의 흔적투성이다.

방 안 곳곳이 뒤죽박죽이다.
그는 눈물 때문에,
두통의 발작 때문에,
파멸의 심각성을 깨닫지 못한다.

아침부터 귀에서 그 어떤 소음이 들린다.
그는 제정신일까? 아니면 꿈을 꾸고 있는 것일까?
왜 그의 머릿속에
줄곧 바다에 관한 생각이 떠오르는 것일까?

창문에 낀 성에 때문에
조물주의 세상이 보이지 않음에,
속절없는 우수는 더욱더
적막한 바다와 닮았다.

그녀의 어떠한 자태도
그에게는 실로 소중했다.
마치 파도가 밀려오는 해안선이 온통
바다에 맞닿은 모습과 같이.

폭풍 후에 요동치는 파도가
갈대숲을 삼켜버렸듯이,

Ушли на дно его души
Ее черты и формы.

В года мытарств, во времена
Немыслимого быта
Она волной судьбы со дна
Была к нему прибита.

Среди препятствий без числа,
Опасности минуя,
Волна несла ее, несла
И пригнала вплотную.

И вот теперь ее отъезд,
Насильственный, быть может,
Разлука их обоих съест,
Тоска с костями сгложет.

И человек глядит кругом:
Она в момент ухода
Всё выворотила вверх дном
Из ящиков комода.

Он бродит, и до темноты
Укладывает в ящик
Раскиданные лоскуты
И выкройки образчик.

И наклонившись об шитье

그의 마음 깊은 바닥으로
그녀의 모습과 형상이 가라앉아 버렸다.

고난의 세월 속, 상상할 수 없는
고된 일상의 시절에
그녀는 운명의 파도에 의해
저 바다 밑바닥에서 그에게로 휩쓸려 왔다.

무수한 장애를 지나서,
위험들을 지나서,
파도는 그녀를 싣고 또 실어
그의 곁으로 데려다주었다.

그런데, 지금, 그녀는 떠나버렸다.
아마도 어쩔 수 없었겠지.
석별은 그 둘을 삼켜버릴 것이고,
우수가 그들의 뼈를 갉아 먹을 것이다.

그리고 남자는 주변을 둘러본다.
그녀는 떠나는 순간에
옷장 서랍을 모조리
헤집어 놓았다.

그는 서성거리면서
어두워질 때까지
흩어진 천 조각들과 옷본들을
서랍 속에 정리해 넣는다.

바늘이 아직 꽂혀 있는

С невынутой иголкой,
Внезапно видит всю ее
И плачет втихомолку.

Ямб   *1953*

바느질거리에 손가락을 찔리자,
불현듯 그녀의 온전한 모습이 눈에 들어와
그는 소리 없이 운다.

〈A〉

※ 1953년 작. 어쩔 수 없는 이별이지만 평생 사무치게 그리워할 잃어버린 사랑의 상황을 슬픔에 찬 나지막한 음조로 묘사하고 있다. 이러한 묘사는 『의사 쥐바고』에서 주인공이 바릭키노에서 어쩔 수 없이 라라를 떠나보낸 후 망연자실하는 장면을 떠올리게도 한다. 더욱더 넓혀서 보면, 이 시는 구체적인 상황과 감정에 대한 서정적 읊조림을 석별의 절절한 슬픔과 그리움을 담아내는 보편적 울림으로까지 승화시킨 작품이라고 볼 수 있다.

40. [17] Свидание

Засыпет снег дороги,
Завалит скаты крыш.
Пойду размять я ноги:
За дверью ты стоишь.

Одна, в пальто осеннем,
Без шляпы, без калош,
Ты борешься с волненьем
И мокрый снег жуешь.

Деревья и ограды
Уходят вдаль, во мглу.
Одна средь снегопада
Стоишь ты на углу.

Течет вода с косынки
По рукава в обшлаг,
И каплями росинки
Сверкают в волосах.

И прядью белокурой
Озарены: лицо,
Косынка и фигура
И это пальтецо.

Снег на ресницах влажен,
В твоих глазах тоска,

[17] 만남

눈은 길을 덮고 있고,
지붕의 경사면을 파묻고 있다.
내가 산책을 나서면
문 앞에 네가 서 있다.

모자도 없이, 덧신도 없이,
가을 외투를 걸친 채 너는 혼자
마음의 동요와 싸우면서
젖은 눈을 씹고 있다.

나무들과 담장들이
저 멀리 어스름 속으로 사라져 간다.
눈 내리는 가운데
너는 모퉁이에 그렇게 홀로 서 있다.

눈 녹은 물이 스카프로부터 흘러
접은 소매 단을 적시고,
이슬방울들이 머리 위에서
반짝거린다.

엷은 금발의 머리채로 인해
환해진다. 얼굴이,
스카프가, 용모가,
그리고 이 초라한 외투가.

눈썹 위에 쌓인 눈은 축축하고,
너의 눈동자에는 애수가 있다.

И весь твой облик слажен
Из одного куска.

Как-будто бы железом
Обмокнутым в сурьму
Тебя вели нарезом
По сердцу моему.

И в нем навек засело
Смиренье этих черт.
И оттого нет дела,
Что свет жестокосерд.

И оттого двоится
Вся эта ночь в снегу,
И провести границы
Меж нас я не могу.

Но кто мы и откуда,
Когда от всех тех лет
Остались пересуды,
А нас на свете нет?

Ямб   *1949*

너의 모습 전부가
잘 다듬은 하나의 조각처럼 단아하다.

마치 안티몬에 담근 철필로
그려 놓은 듯이,
너는 내 가슴에
선명히 새겨져 있다.

깊이 그 속에 영원히 자리 잡은 것은
이러한 용모의 부드러운 온화함.
하여 세상이 매정하다 해도
아무런 일도 아니다.

하여 이 온 밤은
눈 속에서 흐릿해져만 가니,
우리 사이에 경계를 긋는 일은
나는 할 수가 없네…

그러나 우리는 어디서 온 누구란 말이냐,
이 모든 세월로부터
남은 것은 험담들뿐이고,
우리는 세상에 없는데?

〈A〉

※ 1949년 작. 이 시는 담담한 음조로 진행되다, 마지막 두 연에서 서글픈 한탄이 섞인 점점 작
아드는 웅얼거림으로 마무리된다. 시인 자신이 직접 낭독한 자료도 있다. 시는 『의사 쥐바고』
에서 주인공과 라라의 사랑을 연상시키기도 한다. 또한 전기적인 배경의 관점에서 본다면, 파
스테르나크와 올가 이빈스카야의 사랑을 생각해볼 수도 있을 것이다.

41. [18] Рождественская звезда

Стояла зима.
Дул ветер из степи.
И холодно было младенцу в вертепе
На склоне холма.

Его согревало дыханье вола.
Домашние звери
Стояли в пещере,
Над яслями теплая дымка плыла.

Доху отряхнув от постельной трухи
И зернышек проса,
Смотрели с утеса
Спросонья в полночную даль пастухи.

Вдали было поле в снегу и погост,
Ограды, надгробья,
Оглобля в сугробе,
И небо над кладбищем, полное звезд.

А рядом, неведомая перед тем,
Застенчивей плошки
В оконце сторожки
Мерцала звезда по пути в Вифлеем.

Она пламенела, как стог, в стороне
От неба и бога,

[18] 성탄의 별

겨울이 계속되고 있었다.
초원으로부터 바람이 불어오고 있었다.
구릉 비탈 동굴 속에 있던
갓난아기는 추웠다.

그를 덥히고 있는 것은 황소의 숨결이었다.
가축들이
동굴 안에 있었고,
여물통 위에서는 더운 숨결들이 떠돌고 있었다.

목동들은 잠자리의 건초 부스러기와 수수 알갱이들을
털 외투에서 털어낸 다음,
절벽에 서서 잠에 취한 채로
한밤중의 저 먼 곳을 바라보고 있었다.

저 먼 곳에 눈 덮인 들판과 마을 묘지와
담장과 비문들이,
눈 더미 속에 파묻힌 수레가 있었고,
묘지 위의 하늘은 별들로 가득 차 있었다.

그리고 그 하늘 앞 가까운 데서는
파수꾼 오두막의 작은 창 안에서 보이는 등잔불보다
더 수줍게 별 하나가
베들레헴으로 가는 길을 따라 반짝이고 있었다.

그 별은 신과 하늘로부터 비켜있는 곳에서 활활 타고 있었다.
마치 건초더미처럼

Как отблеск поджога,
Как хутор в огне и пожар на гумне.

Она возвышалась горящей скирдой
Соломы и сена
Средь целой вселенной,
Встревоженной этою новой звездой.

Растущее зарево рдело над ней
И значило что-то,
И три звездочета
Спешили на зов небывалых огней.

За ними везли на верблюдах дары.
И ослики в сбруе, один малорослей
Другого, шажками спускались с горы.

И странным виденьем грядущей поры
Вставало вдали всё пришедшее после.
Все мысли веков, все мечты, все миры,
Всё будущее галлерей и музеев,
Все шалости фей, все дела чародеев,
Все елки на свете, все сны детворы.

Весь трепет затепленных свечек, все цепи,
Всё великолепье цветной мишуры…
…Всё злей и свирепей дул ветер из степи…
…Все яблоки, все золотые шары.

마치 방화의 잔불처럼
마치 불타고 있는 촌락처럼, 곡식 창고의 화재처럼.

그 별은 불타고 있는 짚과 건초 더미들보다
높이 치솟아 있었다.
이 새로운 별에 불안해하는
온 세상 한가운데에서.

그 별 너머로 새벽노을은 점점 더 붉어지며,
무언가를 의미하고 있었고,
세 명의 동방박사가
미증유의 불길들이 부르는 곳으로 서둘러 가고 있었다.

그들 뒤에는 낙타에 실은 선물들이 있었다.
안장을 맨 큰 나귀와 작은 나귀 두 마리가
작은 걸음으로 구릉에서 내려오고 있었다.

다가올 미래의 낯선 환영으로 멀리서
이후에 올 모든 것들이 펼쳐지고 있었다.
수 세기에 걸친 모든 사상들이, 모든 꿈들이, 모든 세상들이
미래의 모든 미술관과 박물관들이
요정들의 모든 가벼운 장난들이, 마법사들의 모든 일들이
세상의 모든 성탄절 트리들이, 아이들의 모든 꿈들이.

따뜻해진 촛불의 환한 깜박임, 모든 금빛 은빛 사슬들,
색색의 반짝이는 실들의 온통 화려함…
…초원으로부터 바람은 점점 더 흉포하고 맹렬하게 불어오고 있었다.
…모든 사과들, 모든 황금빛 공들.

Часть пруда скрывали верхушки ольхи,
Но часть было видно отлично отсюда
Сквозь гнезда грачей и деревьев верхи.
Как шли вдоль запруды ослы и верблюды,
Могли хорошо разглядеть пастухи.
— Пойдемте со всеми, поклонимся чуду, —
Сказали они, запахнув кожухи.

От шарканья по снегу сделалось жарко.
По яркой поляне листами слюды
Вели за хибарку босые следы.
На эти следы, как на пламя огарка,
Ворчали овчарки при свете звезды.

Морозная ночь походила на сказку,
И кто-то с навьюженной снежной гряды
Всё время незримо входил в их ряды.
Собаки брели, озираясь с опаской,
И жались к подпаску, и ждали беды.

По той же дороге, чрез эту же местность
Шло несколько ангелов в гуще толпы.
Незримыми делали их бестелесность,
Но шаг оставлял отпечаток стопы.

У камня толпилась орава народу.
Светало. Означились кедров стволы.
— А кто вы такие? — спросила Мария.
— Мы племя пастушье и неба послы,

저수지 일부를 오리나무의 꼭대기가 가리고 있었지만,
또 다른 부분은 까마귀 둥지와 나무들 위를 통과해서
이쪽에서 아주 잘 보이고 있었다.
저수지 둑을 따라 나귀들과 낙타들이 가는 것을
목동들이 잘 볼 수 있었다.
"모두 함께 갑시다. 기적에 경배합시다."
목동들은 털 외투를 여미면서 말했다.

눈 위에 발걸음을 끌면서 가다 보니 더워졌다.
숲속의 선명한 공터 위에 운모판들처럼
맨발의 자국들이 오두막 너머로 나 있었다.
이 자국들을 보면서 마치 타고 남은 불꽃을 보는 것처럼
별빛을 받으며 양치기 개들이 으르렁대고 있었다.

얼어붙은 밤은 동화와 같았다.
휘몰아치는 싸락눈 속에서 누군가가
계속해서 그들의 대열로 들어오고 있었다.
개들은 어슬렁거리며 경계심을 갖고 주변을 돌아보면서,
목동에게 몸을 기대기도 하고, 막연히 불길한 일을 기다렸다.

같은 곳을 통해서 같은 길을 따라,
일행들의 한가운데에 몇몇 천사들이 같이 가고 있었다.
육신이 없었기에 천사들은 보이지 않았지만
그들의 발자국은 흔적을 남겼다.

바위 근처에 많은 사람들이 모여 있었다.
날이 밝고 있었다. 삼나무의 줄기들이 나타나고 있었다.
"그런데 당신들은 대체 누구세요?" 마리아가 물었다.
"우리는 양치기 부족이자 하늘의 사자들입니다.

Пришли вознести вам обоим хвалы.
— Всем вместе нельзя. Подождите у входа.

Средь серой, как пепел, предутренней мглы
Топтались погонщики и овцеводы,
Ругались со всадниками пешеходы,
У выдолбленной водопойной колоды
Ревели верблюды, лягались ослы.

Светало. Рассвет, как пылинки золы,
Последние звезды сметал с небосвода.
И только волхвов из несметного сброда
Впустила Мария в отверстье скалы.

Он спал, весь сияющий, в яслях из дуба,
Как месяца луч в углубленье дупла.
Ему заменяли овчинную шубу
Ослиные губы и ноздри вола.

Стояли в тени, словно в сумраке хлева,
Шептались, едва подбирая слова.
Вдруг кто-то в потемках, немного налево
От яслей рукой отодвинул волхва,
И тот оглянулся: с порога на деву
Как гостья, смотрела звезда рождества.

Амфибрахий   *1947*

당신들 두 분께 찬양을 드리러 왔습니다."
"모두들 함께 들어올 수는 없습니다. 입구 근처에서 기다리세요."

마치 재처럼 회색의 새벽 어스름 속에서
몰이꾼들과 양치기들이 모여 있었으며,
걸어온 이들과 말 타고 온 이들은 서로 욕설을 주고받고 있었으며,
통나무를 깎아 만든 여물통 근처에서
낙타들이 울부짖고 나귀들이 발굽질하고 있었다.

날이 밝고 있었다. 새벽은 마지막에 지는 별들을
마치 타다 남은 재 먼지처럼 창공으로부터 쓸어내고 있었다.
셀 수 없이 많은 어슬렁거리는 사람들 가운데 오직 동방박사들만을
마리아는 바위의 입구로 들여보냈다.

그는 온통 빛을 내면서 참나무 구유 안에서 자고 있었다.
마치 움푹 파진 나무 구멍 속 달빛처럼.
그에게 양가죽 모피를 대신해주는 것은
나귀들의 입술과 황소의 콧구멍이었다.

마치 마구간의 어둠인 듯한 희미한 그림자 속에 서서,
사람들은 말을 삼가며 속삭이고 있었다.
갑자기 누군가가 어둠 속에서 구유 왼편으로
동방박사 한 명을 약간 손으로 밀쳤다.
그러자 눈에 들어왔다. 성탄의 별이 마치 손님처럼
문지방 너머로부터 성모를 쳐다보고 있었다.

〈K〉

※ 1947년 작. 이 시는 1957년에 소설 『의사 쥐바고』 속에 수록되면서 발표되었는데, 성탄절 모임에서 아이들 앞에서 밝고 서사적인 톤으로 낭독하면 좋을 작품이다.

42. [19] Рассвет

Ты значил всё в моей судьбе.
Потом пришла война, разруха
И долго-долго о тебе
Ни слуху не было, ни духу.

И через много-много лет
Твой голос вновь меня встревожил.
Всю ночь читал я твой завет
И как от обморока ожил.

Мне к людям хочется, в толпу,
В их утреннее оживленье.
Я всё готов разнесть в щепу
И всех поставить на колени.

И я по лестнице бегу,
Как будто выхожу впервые
На эти улицы в снегу
И вымершие мостовые.

Везде встают, огни, уют,
Пьют чай, торопятся к трамваям.
В течvenье нескольких минут
Вид города неузнаваем.

В воротах вьюга вяжет сеть
Из густо падающих хлопьев,

[19] 새벽

너는 내 운명에서 모든 것이었다.
이후 전쟁이 터졌고, 난리가 났고,
오래도록 너에 관해서
소문도 자취도 없었다.

많은, 아주 많은 세월이 지나서
너의 목소리는 다시금 갑자기 나를 동요시켰다.
밤새워 나는 너의 유훈을 읽으면서
마치 기절했다가 되살아난 것 같았다.

나는 사람들에게로, 군중 속으로,
그들이 만들어내는 아침의 활기 속으로 가고 싶다.
나는 기꺼이 모든 것을 산산조각 내고
모든 이들을 무릎 꿇게 할 준비가 됐다.

나는 계단을 뛰어 내려간다,
마치 처음 밖으로 나가는 것처럼,
눈 덮인 이 거리로,
그리고 끊어진 포도 위로.

사방에서 일어들 나고, 불이 켜지고,
쾌적함, 차들을 마시고, 전차를 타러 서둘러들 간다.
몇 분이 흐르면서
도시의 모습은 알 수 없을 정도로 바뀐다.

대문에서는 눈보라가
무섭게 내리는 눈송이들로 촘촘한 그물을 엮는다.

И чтобы во-время поспеть,
Все мчатся недоев-недопив.

Я чувствую за них за всех,
Как будто побывал в их шкуре,
Я таю сам, как тает снег,
Я сам, как утро, брови хмурю.

Со мною люди без имен,
Деревья, дети, домоседы.
Я ими всеми побежден,
И только в том моя победа.

Ямб   *1956*

제시간에 가기 위해서
다들 반쯤 먹고 마신 채로 서둘러 뛰어간다.

나는 그들 모두를 대신해서 느낀다,
마치 잠시나마 그들의 입장이 된 것처럼.
나는 눈이 녹듯이 스스로 녹는다.
나는 마치 아침처럼 스스로 눈살을 찌푸린다.

나와 함께 있는 것은 이름 없는 사람들,
나무들, 아이들, 은둔형 외톨이들.
나는 그들 모두에게 굴복당했고,
바로 여기에 나의 승리가 있다.

〈K〉

※ 1947년 작. 이 시의 첫 행에서 느닷없이 나오는 "너"는 누구일까? 아마도 의인화된 새벽일
것이다. 새로운 하루를, 새로운 삶의 느낌을, 매일 새롭게 시심을 불러일으키는 신선한 새벽…
아니면 첫 연과 둘째 연의 말 그대로 전쟁 전에 인생의 모든 지침이 되던 그 누구였을까… 아
니면 새벽에 깨어나는 시심, 혹은 시라는 존재 자체를 가리키는 것일까? 시에서 상징적인 대
상이 실제로 무엇을 가리키는가에 대한 확고부동한 해석적 정답은 없을 것이다. 어쨌든 시인
은 어느 날 새벽에 다시금 각성해서, 기존의 진부함을 부숴버리고, 모두를 새로워진 삶의 경이
앞에 무릎 꿇릴 각오가 돼 있다. 그러나 이번에는 수많은 이름 없는 평범한 사람들의 시인으로
서 그렇다! 한편으론 젊은 시절에 「신선케 해라」, 「나의 누이라 삶은…」 등과 같은 시를 쓰던
그 자신을 떠올리면서 말이다.

43. [20] Чудо

Он шел из Вифании в Ерусалим,
Заранее грустью предчувствий томим.

Колючий кустарник на круче был выжжен,
Над хижиной ближней не двигался дым,
Был воздух горяч и камыш неподвижен,
И Мертвого моря покой недвижим.

И в горечи, спорившей с горечью моря,
Он шел с небольшою толпой облаков
По пыльной дороге на чье-то подворье,
Шел в город на сборище учеников.

И так углубился он в мысли свои,
Что поле в унынье запахло полынью.
Всё стихло. Один он стоял посредине,
А местность лежала пластом в забытьи.
Всё перемешалось: теплынь и пустыня,
И ящерицы, и ключи, и ручьи.

Смоковница высилась невдалеке,
Совсем без плодов, только ветки да листья.
И он ей сказал: «Для какой ты корысти?
Какая мне радость в твоем столбняке?

Я жажду и алчу, а ты — пустоцвет,
И встреча с тобой безотрадней гранита.

[20] 기적

그는 베타니아에서 예루살렘으로 가고 있었다.
그는 미리 구슬픈 예감들 때문에 괴로웠다.

낭떠러지에 있는 가시 돋친 관목은 햇볕에 타버렸다.
가까운 곳, 오두막 위 연기는 미동도 안 하고 있다.
공기는 타는 듯했고, 갈대는 미동도 없었고,
사해의 잔잔함도 미동이 없었다.

바다의 비애와 비견되는 그 쓰라림 속에서
그는 크지 않게 무리를 이룬 구름들과 함께
먼지 나는 길을 따라서 타지 상인들의 숙소로 가고 있었다.
그는 도시 내 제자들의 모임에 가고 있었다.

그는 자기 생각에 깊이 빠져 있었고,
우울한 들판은 쑥 냄새를 풍기고 있었다.
모든 것은 고요했다. 그는 홀로 그 가운데 서 있었으며,
그 땅은 인사불성으로 꼼짝하지 않고 누워있었다.
모든 것이 움직이고 있었다, 더위와 황야,
도마뱀, 샘, 개울들 모두가.

멀지 않은 곳에 무화과나무가 높이 솟아 있었다.
전혀 열매도 없이 단지 가지와 나뭇잎들만 있었다.
그는 나무에게 말했다. "넌 대체 무엇에 쓸모가 있느냐?
너의 이런 모자람 속에서 난 무슨 기쁨이 있겠느냐?

나는 갈증 나고 몹시 허기졌는데, 너는 열매가 없구나.
그래서 너와의 조우는 화강암보다도 무미건조하다.

О, как ты обидна и недаровита!
Останься такой до скончания лет».

По дереву дрожь осужденья прошла,
Как молнии искра по громоотводу,
Смоковницу испепелило до тла.

Найдись в это время минута свободы
У листьев, ветвей, и корней, и ствола,
Успели б вмешаться законы природы.
Но чудо есть чудо, и чудо есть бог.
Когда мы в смятенье, тогда средь разброда
Оно настигает мгновенно, врасплох.

Амфибрахий   *1947*

오, 너는 얼마나 모욕적이고 무익한 존재인가!
생의 끝까지 그렇게 머물러 있어라."

마치 번개의 불꽃이 피뢰침을 지나가듯
질책의 떨림이 나무를 관통해서는
무화과나무는 온통 재가 되어 버렸다.

그때 만일 자유의 순간이
잎새와 가지와 뿌리와 줄기에 있었다면,
자연의 법칙은 제대로 개입할 수 있었을 것이다.
그러나 기적은 기적이고, 기적은 신이다.
우리가 곤란에 빠졌을 때, 바로 그때 혼란 와중에
기적은 순식간에, 별안간 덮친다.

〈K〉

※ 1947년 작. 이 시도 앞의 「성탄의 별」처럼 소설 『의사 쥐바고』 속에 수록되면서 처음으로 발표되는데, 성서에 기반해서 서사적으로 전개되다가 마지막 연에서 기적을 매개로 해서 자연과 인간 그리고 신의 관계에 대한 시인 자신의 성찰을 함축성 있게 제시하고 있다.

44. [21] Земля

В московские особняки
Врывается весна нахрапом.
Выпархивает моль за шкапом
И ползает по летним шляпам,
И прячут шубы в сундуки.

По деревянным антресолям
Стоят цветочные горшки
С левкоем и желтофиолем,
И дышат комнаты привольем,
И пахнут пылью чердаки.

И улица за панибрата
С оконницей подслеповатой,
И белой ночи и закату
Не разминуться у реки.

И можно слышать в коридоре,
Что происходит на просторе,
О чем в случайном разговоре
С капелью говорит апрель.
Он знает тысячи историй
Про человеческое горе,
И по заборам стынут зори,
И тянут эту канитель.

И та же смесь огня и жути

[21] 대지

봄이 불손한 모습으로
모스크바의 주택들 속에 침입한다.
장롱 뒤에서 나방이 날아 나와서
여름 모자 위를 기어 다니고,
모피 외투는 트렁크 속에 감춘다.

나무로 된 중이층을 따라
분홍 꽃무와 노랑 꽃무를 심은
화분들이 놓여 있고,
방들은 마음대로 호흡하고,
다락방들은 먼지 냄새를 풍긴다.

길거리도 흐릿한 작은 창들과
친밀한 인사를 나누고,
백야와 석양은 강가에서
헤어지지 못하고 있다.

저 넓은 곳에서 무슨 일이 일어나는지,
4월이 빗방울과 함께
우연히 무슨 대화를 나누는지,
복도에서 들을 수도 있다.
4월은 인간의 비통함에 대해
수천 가지 이야기들을 알고,
저녁노을은 시간을 질질 끌면서
담장들을 따라 서늘해져 간다.

정열과 두려움의 바로 그 혼합이

На воле и в жилом уюте,
И всюду воздух сам не свой.
И тех же верб сквозные прутья,
И тех же белых почек вздутья
И на окне, и на распутье,
На улице и в мастерской.

Зачем плачет даль в тумане,
И горько пахнет перегной?
На то ведь и мое призванье,
Чтоб не скучали расстоянья,
Чтобы за городскою гранью
Земле не тосковать одной.

Для этого весною ранней
Со мною сходятся друзья,
И наши вечера — прощанья,
Пирушки наши — завещанья,
Чтоб тайная струя страданья
Согрела холод бытия.

Ямб   *1957*

탁 트인 바깥에도 집 안의 안락함 속에도 있고,
사방에서 공기는 제 모습이 아니네.
바로 그 버드나무들의 삐져나온 가지들이,
바로 그 부풀어 오른 하얀 봉오리들이
창문에도, 사거리에도,
거리에도, 작업장에도 있다.

안개 자욱한 저 먼 곳은 대체 왜 울고
거름흙은 왜 쓰디쓴 냄새를 풍길까?
물론 나의 소명이란,
멀리 있는 것들이 따분해하지 않도록 하는 것,
도시의 경계 너머에서 대지가 혼자
우수에 젖지 않도록 하는 것, 바로 이것이다.

그러기 위해서 이른 봄에
친구들은 잠시 들러서 나와 함께하니,
우리의 저녁들은 작별들,
조촐한 우리 음식들은 당부들,
그러기 위해서, 고통의 은밀한 흐름이
실존의 차디참을 제대로 덥혀 주기 위해서.

〈K〉

※ 1947년 작. 이 시 역시 소설 『의사 쥐바고』를 통해서 처음으로 발표됐다. 우리와 달리 모스
크바의 봄은 4월에 시작되는데, 이른 봄에 도시와 풍경들과 대지는 활기와 설렘 그리고 불안이
교차한다. 그러나 이 땅 위에서 "나"와 친구들의 삶은 고단하니, 서로 헤어지기 전에 조촐히 모
여서 괴로움과 음식을 함께 나누며 따스함을 느끼고자 한다.

45. [22] Дурные дни

Когда на последней неделе
Входил он в Иерусалим,
Осанны навстречу гремели,
Бежали с ветвями за ним.

А дни всё грозней и суровей,
Любовью не тронуть сердец,
Презрительно сдвинуты брови,
И вот послесловье, конец.

Свинцовою тяжестью всею
Легли на дворы небеса.
Искали улик фарисеи,
Юля перед ним, как лиса.

И темными силами храма
Он отдан подонкам на суд,
И с пылкостью тою же самой,
Как славили прежде, клянут.

Толпа на соседнем участке
Заглядывала из ворот,
Толклись в ожиданье развязки
И тыкались взад и вперед.

И полз шопоток по соседству
И слухи со многих сторон.

[22] 최후의 날들

마지막 주에
그가 예루살렘으로 들어가고 있을 때,
마중 나온 사람들은 호산나를 외치면서
나뭇가지를 들고 그의 뒤를 따라 뛰어들 갔다.

허나, 날들은 점점 더 험악해지고 혹독해졌으며,
사랑으로는 마음들을 감동시킬 수 없었으며,
경멸스럽게 눈살이 찌푸려졌으며,
자, 봐라, 여기 맺음말을, 끝을.

온통 납과 같은 무거운 모습으로
하늘은 궁전 위에 드리웠다.
그의 앞에는 마치 여우들처럼 바리새인들이
비위를 맞추며 유죄의 증거를 찾고 있었다.

사원의 어두운 힘들에 의해
그는 인간쓰레기들에게 재판에 넘겨졌다.
사람들은 이전에 찬양할 때와 똑같은
열렬함으로 저주를 퍼부었다.

인접한 구역에서 군중들은
대문 사이로 엿보면서,
어떻게 끝날지 갈피를 못 잡고 있었으며,
앞뒤로 서로 밀치고 있었다.

옆 사람들을 따라 퍼지는 속삭임들과
사방에서 들려 오는 소문들.

И бегство в Египет и детство
Уже вспоминались, как сон.

Припомнился скат величавый
В пустыне, и та крутизна,
С которой всемирной державой
Его соблазнял сатана.

И брачное пиршество в Кане,
И чуду дивящийся стол,
И море, которым в тумане
Он к лодке, как по суху, шел.

И сборище бедных в лачуге,
И спуск со свечою в подвал,
Где вдруг она гасла в испуге,
Когда воскрешенный вставал…

Амфибрахий   *1949*

이집트로의 도망도 어린 시절도
마치 꿈인 양 벌써 회상하고 있었다.

황야의 그 장엄한 비탈을,
그리고 사탄이 온 세상의 권세를 주겠다고
그를 유혹하던 바로 그 절벽도
사람들은 기억해냈다.

가나에서 혼례의 잔치도,
기적에 놀라는 식탁도,
짙은 안개 속에서 그가, 마치 마른 땅 위에서처럼,
조각배를 향해 걸어가던 바다도.

오막살이에서 가난한 사람들의 모임도,
촛불을 들고 지하로 내려들 갔는데,
소생한 라자로가 일어나려 하자,
경악해서 갑자기 촛불이 꺼진 일도…

〈K〉

※ 1949년 작. 이 시는 현실에 대한 어떤 암시를 상징적으로 내포하고 있는 것일까? 즉, 예수
가 음험한 재판에 넘겨졌고 그에 대한 열광이 비난으로 바뀌었음에도, 사람들은 그의 삶을, 그
가 행한 기적들을 기억하고 있다는 것은 당시 러시아의 현실에서 과연 무엇을 함축하는 것일
까? 아니면 성서의 내용에 기반한 단순한 시적 재현으로만 음미되어야 하는 것일까? 이러한 해
석적 가능성들과 더불어 생각해야 하는 것은 바로 뒤의 시들에서 볼 수 있듯이 우리의 기억과
믿음이 곧 부활로 이어진다는 것이다. 물론 여기서 부활은 직접적으로 예수의 부활이기도 하지
만, 시인의 역사적 현실에 비추어 해석적으로 더 넓은 지평도 갖고 있다….

46. [23] Магдалина I

Чуть ночь, мой демон тут как тут,
За прошлое моя расплата.
Придут и сердце мне сосут
Воспоминания разврата,
Когда, раба мужских причуд,
Была я дурой бесноватой
И улицей был мой приют.

Осталось несколько минут,
И тишь наступит гробовая.
Но раньше, чем они пройдут,
Я жизнь свою, дойдя до края,
Как алавастровый сосуд,
Перед тобою разбиваю.

О, где бы я теперь была,
Учитель мой и мой Спаситель,
Когда б ночами у стола
Меня бы вечность не ждала,
Как новый, в сети ремесла
Мной завлеченный посетитель.

Но объясни, что значит грех
И смерть и ад, и пламень серный,
Когда я на глазах у всех
С тобой, как с деревом побег,
Срослась в своей тоске безмерной.

[24] 막달레나 I

밤이 되자마자 내 악마는 이미 와 있고,
나는 내 과거에 대해서 청산해야 하네.
타락한 시절의 회상이 몰려와서
내 가슴을 쥐어뜯네.
그 시절에 나는 남자들의 방자함의 노예였고,
미친 듯한 바보였고,
거리가 나의 안식처였다.

몇 분만 있으면,
관 속과 같은 정적이 밀려들 것이다.
그러나 그 짧은 순간이 지나기 전에
나는 끝까지 가서 자신의 삶을
마치 순백의 자기처럼
당신 앞에서 깨뜨리고 있다.

오, 나는 이제 어디에 있게 될 것인가,
나의 스승이자 나의 구원자여,
내 직업의 그물 속에서 유혹당한
새로운 손님처럼
밤마다 영원함이 식탁 옆에서
나를 기다리지 않는다면.

그렇지만 설명해봐요. 죄악이 무엇인지.
그리고 죽음과 지옥, 유황불이 무엇인지.
모든 사람의 시선 속에서
내가 마치 나무에 붙은 새싹처럼
내 비할 바 없는 처연함 속에서 당신과 함께 꽉 붙어있는 이 순간에.

Когда твои стопы, Иисус,
Оперши о свои колени,
Я, может, обнимать учусь
Креста четырехгранный брус
И, чувств лишаясь, к телу рвусь,
Тебя готовя к погребенью.

Ямб   *1949*

예수여, 당신의 두 발을
나의 무릎에다 놓은 다음,
아마도 나는 십자가의 나무 기둥을
껴안는 것을 배우고 있으며,
온통 감각을 잃어버린 채로, 당신의 육신을 향해서,
당신의 장례를 준비하면서, 부둥켜안으려 한다.

〈K〉

※ 1949년 작. 복음서의 내용을 기반으로 시적 상상을 통해서 마리아 막달레나를 형상화하고 있는 이 시는 자신의 스승이자 구원자인 예수를 향한 한 여인의 절실한 마음을, 그의 죽음을 목전에 두고 느끼는 애절함과 결의를 나지막한 독백 형식의 처연한 음조로 노래하고 있다.

47. [24] Магдалина II

У людей пред праздником уборка.
В стороне от этой толчеи,
Обмываю миром из ведерка
Я стопы пречистые твои.

Шарю и не нахожу сандалий.
Ничего не вижу из-за слез.
На глаза мне пеленой упали
Пряди распустившихся волос.

Ноги я твои в подол уперла,
Их слезами облила. Иисус,
Ниткой бус их обмотала с горла,
В волосы зарыла, как в бурнус.

Будущее вижу так подробно,
Словно ты его остановил.
Я сейчас предсказывать способна
Вещим ясновиденьем сивилл.

Завтра упадет завеса в храме,
Мы в кружок собьемся в стороне,
И земля качнется под ногами,
Может быть, из жалости ко мне.

Перестроятся ряды конвоя,
И начнется всадников разъезд.

[24] 막달레나 II

축일을 앞두고 사람들은 청소한다.
이러한 소동에서 비켜서서
나는 당신의 정결한 두 발을
항아리의 향유로 잘 닦는다.

샌들을 더듬어 찾지만 발견하지 못하네.
눈물 때문에 아무것도 보이지 않네.
흩어진 채 드리워진 머리채가
마치 장막처럼 내 눈을 덮어버렸네.

당신의 두 다리를 옷자락 속으로 감싸 안네.
눈물이 그 위를 흥건히 적시네. 예수여,
내 목에서 떨어진 구슬 목걸이 줄로 두 다리를 감아
마치 망토 모자 속처럼 내 머리카락 속에 파묻네.

미래가 마치 당신이 멈춰 세운 것처럼
상세하게 나에게 보인다.
나는 지금 무녀들의 신통한 혜안으로
앞날을 예언할 수 있다.

내일 사원에서는 장막이 떨어질 것이고,
우리는 비켜서서 조그만 무리로 모일 것이다.
그리고 발밑에서 대지는 흔들릴 것인데,
아마도 나를 향한 동정심 때문이리라.

호송대는 차례차례 대열을 짓고,
기마병들의 순찰이 시작될 것이다.

Словно в бурю смерч, над головою
Будет к небу рваться этот крест.

Брошусь на землю у ног распятья,
Обомру и закушу уста.
Слишком многим руки для объятья
Ты раскинешь по концам креста.

Для кого на свете столько шири,
Столько муки и такая мощь?
Есть ли столько душ и жизней в мире?
Столько поселений, рек и рощ?

Но пройдут такие трое суток
И столкнут в такую пустоту,
Что за этот страшный промежуток
Я до воскресенья дорасту.

Хорей   *1949*

마치 회오리바람의 강풍 속으로 빨려 올라가듯,
머리 위로 그 십자가는 하늘을 향해 치솟게 될 것이다.

십자가에 박힌 두 발 아래 땅 위에 나는 몸을 던지고,
두 입술을 깨물고 실신할 것이다.
너무나도 많은 팔들을 껴안기 위해서
당신은 십자가 끝까지 두 팔을 활짝 펼 것이다.

세상은 누구를 위해 그토록 넓을까?
그토록 많은 고통과 그토록 큰 권능이 있을까?
세상에는 얼마나 많은 영혼과 생명들이 있을까?
얼마나 많은 마을과 강과 숲들이 있을까?

허나 세 번의 낮과 밤이 그렇게 지나고
그렇게 흔적도 없이 사라져 버리지만,
그 끔찍한 시간이 지나면,
나는 부활에 이르기까지 완전히 자랄 것이다.

〈K〉

※ 1949년 작. 앞의 시와 연작을 이루면서, 여기서는 음조가 더욱 차분해진다. 막달레나의 한 없는 슬픔은 내적인 통찰과 물음을 거쳐서 부활에 대한 믿음과 결심으로 이어진다.
마리아 막달레나를 테마로 한 이 두 시를 쓰기 전에 이미 파스테르나크는 같은 테마의 시 두 편을 최소한 알고 또한 염두에 두고 있었다. 라이너 마리아 릴케(Rainer Maria Rilke 1875~1926)의 「피에타(Pietà)」와 마리나 츠베타예바의 연작시 「막달레나 (1~3)」이다.

Pietà

So seh ich, Jesus, deine Füße wieder,
die damals eines Jünglings Füße waren,
da ich sie bang entkleidete und wusch;
wie standen sie verwirrt in meinen Haaren
und wie ein weißes Wild im Dornenbusch.

So seh ich deine niegeliebten Glieder
zum erstenmal in dieser Liebesnacht.
Wir legten uns noch nie zusammen nieder,
und nun wird nur bewundert und gewacht.

Doch, siehe, deine Hände sind zerrissen -:
Geliebter, nicht von mir, von meinen Bissen.
Dein Herz steht offen und man kann hinein:
das hätte dürfen nur mein Eingang sein.

Nun bist du müde, und dein müder Mund
hat keine Lust zu meinem wehen Munde -.
O Jesus, Jesus, wann war unsre Stunde?
Wie gehn wir beide wunderlich zugrund.

Jambus   *Mai/Juni 1906*

피에타

이렇게 나는, 예수여, 당신의 두 발을 다시금 본다,
예전에 청년의 발이었던 그 발을,
예전에 내가 두려워하며 벗겨서 씻겼던 그 발을.
그 두 발은 내 머리카락 속에서 당황한 채로
마치 가시덤불 속의 하얀 들짐승처럼 서 있었는데.

이렇게 나는 처음으로 이 사랑의 밤에
당신의 사랑받지 못했던 팔다리를 본다.
우리는 서로 함께 눕지도 않았으며,
지금은 오로지 경이로워하며 깨어 있을 뿐.

하지만, 봐라, 당신의 두 손은 찢겨 있다.
그것은, 사랑하는 이여, 내가 그런 것이, 내가 물어서 그런 것이 아니다.
당신의 가슴은 열려 있고, 그 안으로 들어갈 수 있다.
그것은 오로지 나만의 입구였어야만 했는데.

지금 당신은 고단하고, 당신의 고단한 두 입술은
나의 상처 난 이 두 입술을 욕망하지 않네.
오 예수, 예수여, 우리의 시간은 언제였던가?
얼마나 기구하게 우리 둘은 파멸하는 것인지.

1906년 5~6월 작.

위에서 보듯, 릴케의 시는 죽은 예수를 품에 안고 비통해하는 막달레나를 그리고 있다 (성모 마리아가 아니라!). 반면, 아래에서 보듯, 츠베타예바의 시는 훨씬 더 도발적이고 생동감이 있다.

Магдалина

1

Меж нами — десять заповедей:
Жар десяти костров.
Родная кровь отшатывает,
Ты мне — чужая кровь.

Во времена евангельские
Была б одной из тех…
(Чужая кровь — желаннейшая
И чуждейшая из всех!)

К тебе б со всеми немощами
Влеклась, стлалась — светла
Масть! — очесами[1] демонскими
Таясь, лила б масла́

И на́ ноги бы, и по́д ноги бы,
И вовсе бы так, в пески…
Страсть по купцам распроданная,
Расплеванная — теки!

Пеною уст и накипями
Очес и по́том всех
Нег… В волоса заматываю
Ноги твои, как в мех.

---

1 око의 교회슬라브어 복수형태; очеса, очес⋯⋯.

막날레나

1
우리 사이에 있는 것은 십계명.
열 개의 장작불의 열기.
태생적인 피는 물리치려 하지만,
나에게 당신은 낯선 피.

복음서의 그 시절에
나는 그들 가운데 하나였을 텐데…
(낯선 피는 가장 욕망되는
가장 이상한 것이다!)

온갖 나약함에도 불구하고 당신에게
끌렸을 것이기에, 마성의 눈길로써
— 밝은 빛깔의 당신의 살갗! — 몸을 가린 채,
스스로를 펼치고, 향유들을 부었으며

당신의 두 발 위에도, 두 발 밑에도,
그렇게 몽땅 다 부었으면, 모래 속까지…
상인들 하나하나에게 팔아버리고
침 뱉었던 정열이여, 흐르거라!

두 입술에 머금은 거품처럼, 두 눈동자에 낀 버캐처럼,
모든 환희의 땀방울처럼…
나는 당신의 두 발을
마치 모피처럼 머리카락으로 감싼다.

Некою тканью под ноги

Стелюсь… Не тот ли (та!)

Твари с кудрями огненными

Молвивший: встань, сестра!

Ямб[1]   *26 августа 1923*

2

Масти, плоченные втрое

Стоимости, страсти пот,

Слезы, волосы, — сплошное

Исструение, а тот

В красную сухую глину

Благостный вперяя зрак:

— Магдалина! Магдалина!

Не издаривайся так!

Хорей   *31 августа 1923*

3

О путях твоих пытать не буду,

Милая! — ведь все сбылось.

Я был бос, а ты меня обула

Ливнями волос —

И — слез.

———

1 운율적 파격으로, 2행, 11행, 15행, 17행, 19행, 23행 첫음절에 강조 강세가 올 수 있다.

발 밑에 떨어진 천 쪼가리처럼
나는 스스로를 펼친다… 이 남자가 (이 여자가!) 아닐까,
굽이치는 불꽃 같은 곱슬털을 한 짐승에게
"누이여, 일어나라!"고 애원했던 사람은.

1923년 8월 26일 작.

2
빛깔들, 세 배로 지불한
값어치, 정열의 땀방울,
눈물들, 머리카락들, 다할 때까지
연속적인 흘러나옴, 그리고 그는

마른 붉은 점토 단지 속을
자애로운 눈길로 응시하며 말한다.
"막달레나! 막달레나!
그렇게 너무 다 베풀지 말거라!"

1923년 8월 31일 작.

3
나는 네가 가는 길들에 관해 애써 알고자 하지 않을 것이다.
사랑스러운 이여! 실로 모든 게 다 이뤄져 있으니.
나는 맨발이었으나, 너는 나에게
머리카락과 눈물의 굵은 빗줄기들로 엮은 신발을
신겼다.

Не спрошу тебя, какой ценою
Эти куплены масла.
Я был наг, а ты меня волною
Тела — как стеною
Обнесла.

Наготу твою перстами трону
Тише вод и ниже трав.
Я был прям, а ты меня наклону
Нежности наставила, припав.

В волосах своих мне яму вырой,
Спеленай меня без льна.
— Мироносица! К чему мне миро?
Ты меня омыла
Как волна.

Хорей   *31 августа 1923*

이 향유들의 가격이 얼마인지
너에게 묻지 않으마.
나는 알몸이었으나, 너는 나를
네 몸의 물결로써 마치 벽처럼
감싸 안았다.

물속보다 더 조용히 풀잎보다 더 나지막이
나의 손길은 너의 알몸을 쓰다듬는다.
나는 꼿꼿했으나, 너는 나에게 숙이고
기대면서 다정한 굴복을 가르쳐주었다.

나를 위해 너의 머리카락을 한 움큼 뽑아서
아마 천 대신에 나를 덮어라.
향유 바르는 여인이여! 나에게 향유가 무슨 소용인가?
바로 네가 물결처럼
온전히 나를 씻겼으니.

1923년 8월 31일 작.

확실히, 위에서 보듯이, 츠베타예바의 연작시 「막달레나 (1-3)」는 릴케의 「피에타」와 내용적으로 상충되는 것들도 있으며 표현적으로도 더 자유롭다. 이 두 작품 사이에 텍스트적 반향은 별로 없다고 볼 수 있다.

그렇다면 이 두 시와 관련해서 파스테르나크의 연작시 「막달레나 I-II」는 어떨까? 가령, 비록 예수의 죽음 전과 죽음 후라는 시차는 있지만 파스테르나크의 「막달레나 I」은 릴케의 「피에타」에 대한, 그리고 「막달레나 II」는 츠베타예바의 「막달레나 (1-3)」에 대한 텍스트적 반향이 있다고 볼 수도 있다. 그렇지만 이러한 반향 관계들은 창작적 차원에서 어떤 직접적인 영향 관계를 의미하는 것은 아니다. 더구나 그러한 반향 관계들은 필연적인 것이 아니기에 무시될 수도

있다. 한편, 1972년에 소련에서 추방당한 후 1987년에 노벨상을 받은 시인 이오시프 브로츠키(Iosif Brodsky; 1940~1996)는 구성적 차원에서 그리고 해석적 차원에서 특히 파스테르나크의 「막달레나 II」와 츠베타예바의 「막달레나 3」 사이의 직접적인 연관성을 주장한다. 요컨대, 츠베타예바의 「막달레나 3」이 예수 혹은 남성의 목소리라면 이에 화답하는 막달레나 혹은 여성의 목소리가 바로 파스테르나크의 「막달레나 II」라는 것이다.

그러나 이러한 문학적 논의들은 전문가나 혹은 풍부한 교양을 갖춘 딜레탕트의 관심사일 것이다. 내가 주목하고자 하는 것은 같은 테마를 갖고도 시인들은 실로 개성적으로 다채롭게 형상적 상상을 시라는 언어적 기호체 속에 담아낸다는 점이다. 파스테르나크 또한 그가 알고 있던 두 시인의 작품과 다르게 자기만의 목소리와 음조로 예수의 죽음을 미리 바라보는 한 여인의 애절함, 절망감, 처연함, 결연함, 부활의 믿음을 잘 그려내고 있다.

48. [25] Гефсиманский сад

Мерцаньем звезд далеких безразлично
Был поворот дороги озарен.
Дорога шла вокруг горы Масличной,
Внизу под нею протекал Кедрон.

Лужайка обрывалась с половины.
За нею начинался Млечный путь.
Седые серебристые маслины
Пытались вдаль по воздуху шагнуть.

В конце был чей-то сад, надел земельный.
Учеников оставив за стеной,
Он им сказал: «Душа скорбит смертельно,
Побудьте здесь и бодрствуйте со мной».

Он отказался без противоборства,
Как от вещей, полученных взаймы,
От всемогущества и чудотворства,
И был теперь, как смертные, как мы.

Ночная даль теперь казалась краем
Уничтоженья и небытия.
Простор вселенной был необитаем,
И только сад был местом для житья.

И, глядя в эти черные провалы,
Пустые, без начала и конца,

[25] 겟세마네 동산

저 멀리 별들의 반짝임이 무심히
길모퉁이를 비추고 있었다.
길은 올리브 산 주변으로 나 있고,
그 길 밑으로 키드론 강이 흐르고 있었다.

초원은 산 중턱에서 끊어졌다.
그 너머로 은하수가 펼쳐지고 있었다.
은회색빛의 올리브나무들이
허공을 따라 저 먼 곳으로 발걸음을 내딛으려 애쓰고 있었다.

그 끝에는 누군가의 땅인 동산이 있었다.
담장 뒤에 제자들을 남겨둔 채로
그는 말했다. "내 영혼은 죽을 것같이 비통하니,
여기에 머물면서 나와 함께 밤을 새우도록 하자."

그는 권능을 그리고 기적의 행함을
마치 빌려온 물건들인 양
아무 저항 없이 거절했기에,
이제는 우리처럼 똑같이 죽는 존재였다.

저 멀리 밤의 어두움은 이제
아무것도 없는 죽음의 나라처럼 보였다.
우주의 광활함은 황량했으며,
오직 여기 동산만이 삶을 위한 장소였다.

시작도 끝도 없이 공허한
이 검은 나락 속을 응시하며,

Чтоб эта чаша смерти миновала,
В поту кровавом он молил отца.

Смягчив молитвой смертную истому,
Он вышел за ограду. На земле
Ученики, осиленные дремой,
Валялись в придорожном ковыле.

Он разбудил их: «Вас господь сподобил
Жить в дни мои, вы ж разлеглись, как пласт.
Час сына человеческого пробил.
Он в руки грешников себя предаст».

И лишь сказал, неведомо откуда
Толпа рабов и скопище бродяг,
Огни, мечи и впереди — Иуда
С предательским лобзаньем на устах.

Петр дал мечом отпор головорезам
И ухо одному из них отсек.
Но слышит: «Спор нельзя решать железом,
Вложи свой меч на место, человек.

Неужто тьмы крылатых легионов
Отец не снарядил бы мне сюда?
И, волоска тогда на мне не тронув,
Враги рассеялись бы без следа.

Но книга жизни подошла к странице,

그는 피땀에 젖어서, 그 죽음의 잔을 거두어 달라고
아버지께 기도하고 있었다.

기도로 죽음과 같은 피로를 떨쳐버리고
그는 담장 너머로 왔다.
졸음을 이기지 못한 제자들은 땅바닥에,
길가의 나리새 밭에 누워들 있었다.

그는 차례로 그들을 깨웠다. "주께서 너희들을
나의 나날들에 살도록 했는데, 너희들은 판때기처럼 널브러져 있구나.
인간의 아들의 시간을 알리는 종이 울렸다.
그는 죄인들의 손아귀 속에 자신을 내맡길 것이다."

이렇게 말하자마자 어디선가에서
종들의 무리와 부랑자들의 떼가,
횃불들과 칼들이 나타났고, 그 앞에 불쑥
유다가 튀어나와 배반자의 입맞춤을 해댔다.

베드로는 무뢰한들에게 검으로 저항했으며,
그들 중 하나의 귀를 베어버렸다.
그러나 말씀이 들린다. "논쟁은 무기로 해결할 수 없는 법,
자신의 검을 제자리에 넣어라, 인간이여.

아버지는 여기 내게로
많은 날개 달린 천사의 무리들을 보내주실 것인가?
그러면 내 머리카락 한 올도 건드리지 못한 채
적들은 흔적도 없이 흩어질 텐데.

그러나 삶의 책은 모든 성스러운 것들보다

Которая дороже всех святынь.
Сейчас должно написанное сбыться,
Пускай же сбудется оно. Аминь.

Ты видишь, ход веков подобен притче
И может загореться на ходу.
Во имя страшного ее величья
Я в добровольных муках в гроб сойду.

Я в гроб сойду и в третий день восстану,
И, как сплавляют по реке плоты,
Ко мне на суд, как баржи каравана,
Столетья поплывут из темноты».

Ямб   *1949*

더 귀중한 페이지에 도달했다.
지금은 쓰여 있는 것이 이루어져야만 하니,
그것이 이루어지도록 하라. 아멘.

보아라, 수많은 세기의 흐름은 말씀과 닮았으니,
말씀은 그 흐름과 함께 타오르게 될 것이다.
그 두렵고 위대한 말씀의 이름으로
나는 기꺼이 고통 속에서 죽음으로 떠날 것이다.

나는 죽음으로 떠날 것이며, 사흘째 되는 날 부활할 것이다.
그리고 강을 따라 뗏목들이 흘러오듯이
그 모든 세기들은 마치 대상의 짐배들처럼
어둠으로부터 내게로 심판을 받으러 흘러올 것이다."

〈K〉

※ 1949년 작. 소설 『의사 쥐바고』의 마지막 부분에 수록된 시들의 끝맺음을 하는 이 시는 성서의 내용을 기반으로 하지만 그 자체로도 현세의 윤리와 사후 심판의 윤리, 또는 초월적 윤리 사이의 복잡하고 미묘한 관계를 우리에게 시사해 준다. 그것도 여전히 지금 여기 우리의 현실에 비춰보면 착잡한 마음을 불러일으키면서 말이다….
분명히 위 시에서 예수의 말처럼 인간사에서 "논쟁은 무기로 해결될 수 없는 법"이지만, 현실은 그렇지 않다. 파스칼(Pascal; 1623-1662)의 『팡세 (Pensées)』에는 다음과 같은 구절이 있다. "정의로운 것을 따르는 것은 당연하지만, 가장 힘센 것을 따르는 것은 필연적이다. 힘없는 정의는 무력하지만, 정의 없는 힘은 전제적이다. 힘없는 정의는 부정된다. 언제나 나쁜 자들이 있기 때문이다. 정의 없는 힘은 비난받는다. 따라서 정의와 힘을 함께 하도록 해야 하며, 이를 위해서 정당한 것이 힘이 있도록 또는 힘 있는 것이 정당하게 해야 한다."(단상 94중에서) 결국 힘 있는 자들이 일방적으로 정의를 부르짖는 현실에서 사람들에게 진정한 정의란 다가올 미래의 것이며, 또 그것의 실현에 희망을 걸어야 한다. 기독교에서는 바로 이러한 희망의 필연적 당위가 예수의 부활과 재림에 연결되어 있다. 그렇지만 무신론자나 유물론자라면, 진정한 정의에 대한 희망과 믿음은 자신과 타인들의 삶 그 자체에, 자유롭게 삶을 만개시키고자 하는 욕망에,

그러나 동시에 그러한 욕망의 너무 과도하지 않은 추구에 있을 것이다. 그렇다면, 무신론자나 유물론자에게서 부활의 문제는 전혀 없는 것일까?

『의사 쥐바고』에 첨부된 25편의 시 중에서 직접적으로 성서의 내용과 연관된 것은 「수난주간에」, 「성탄의 별」, 「기적」, 「최후의 날들」, 「막달레나 I, II」, 「겟세마네 동산」, 이 7편이다. 이외에도 첫 번째 시 「햄릿」에서는 서정적 발화의 주인공 자신에게 예수의 모습을 투영시키고 있다. 예정된 자신의 행위와 삶을 그리고 죽음을 예수처럼 기꺼이 감내하겠다는 결의를 표명하고 있는 「햄릿」은 어떻게 보면 마지막 시 「겟세마네 동산」과 맞물리면서 "의사 쥐바고의 시들" 전체의 구성적 매듭을 만들어내는 것처럼 여겨질 수 있다. 이 같은 전체적인 매듭 속에서 현실적인 시각에서 바라보는 죽음과 부활의 문제는 열네 번째 시 「8월」에 주목할 필요가 있다. 「8월」에서 시인은 꿈속에서 본 자신의 장례식 광경을 묘사하면서 거기서 울리는 자신의 목소리를 시의 마지막 부분에서 재현하고 있다. 그것은 물론 현세의 소중한 것들, 사랑하는 이들, 고난들에 대한 작별의 말이다. 여기서 중요한 것은, 비록 꿈속에서의 광경으로서이지만, 자신의 살아 있을 때의 목소리가 죽은 후에도 추모하는 이들 곁에서 울린다는 것이다….

이처럼 우리 각자에게서 실제적인 부활의 문제는 죽음 이후에도 자신을 생각해주는 사람들에게, 그들의 믿음과 기억들에 달려 있다. 단, 내가 「햄릿」에서처럼 자기 결단으로써 살았다면 말이다.